『パロへの長い道』

それはまぎれもなく城だった。（74ページ参照）

ハヤカワ文庫JA
〈JA851〉

グイン・サーガ⑩⑧

パロへの長い道

栗本　薫

早川書房
5874

THE PATH TO PERPETUAL PARROS

by

Kaoru Kurimoto

2006

カバー／口絵／挿絵

丹野　忍

目次

――昔々、あるところに二人の吸血鬼の住んでいる、
古いお城がありました――

とても古いとあるサーガより――

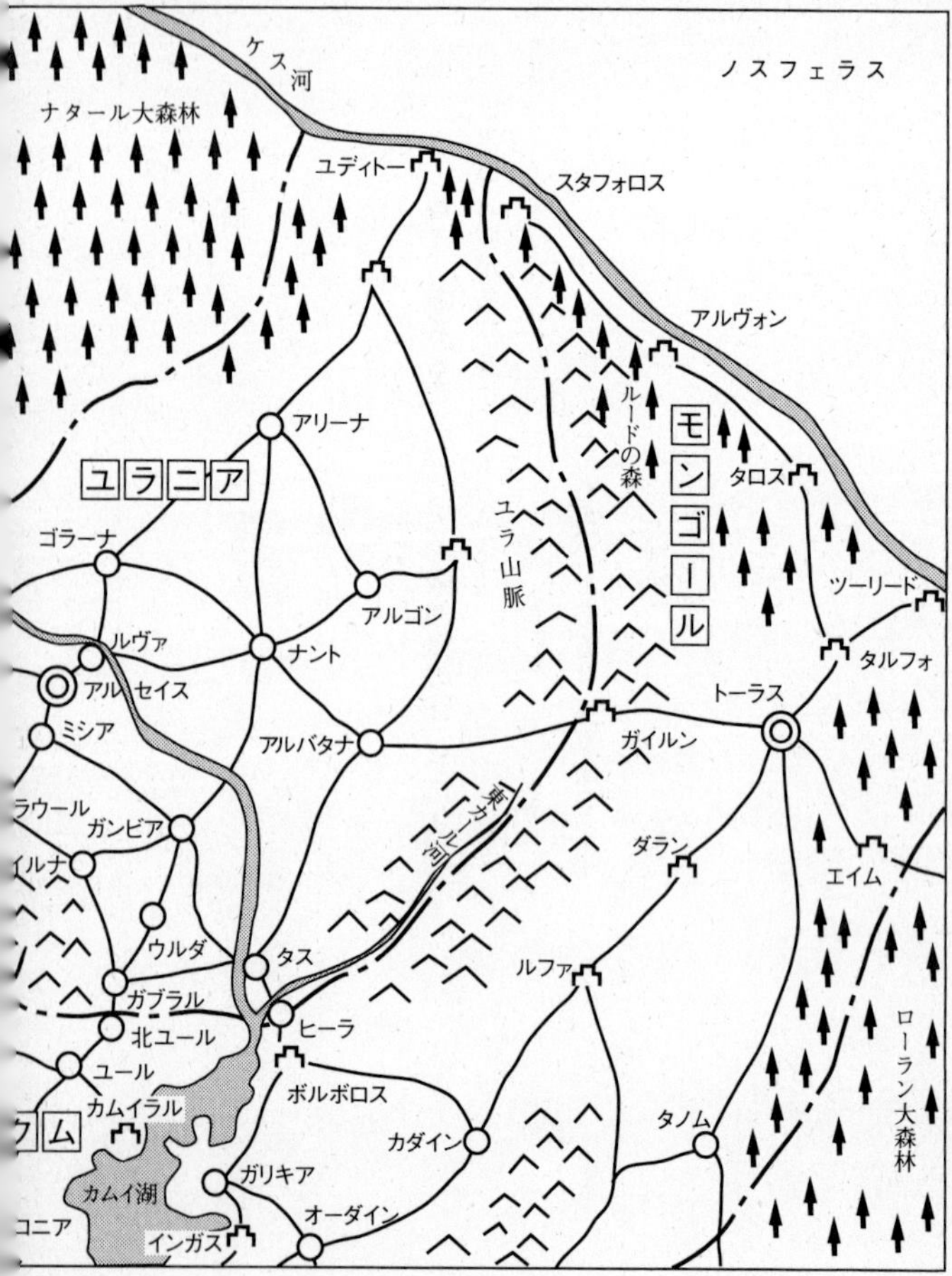
ケス河
ノスフェラス
ナタール大森林
ユディトー
スタフォロス
アルヴォン
ルードの森
モンゴール
タロス
ツーリード
タルフォ
ユラ山脈
アリーナ
ユラニア
ゴラーナ
アルゴン
ルヴァ
ナント
アルセイス
トーラス
ガイルン
ミシア
アルバタナ
東カール河
ラウール
ガンビア
イルナ
ダラン
エイム
ウルダ
タス
ルファ
ガブラル
北ユール
ヒーラ
ユール
ボルボロス
ローラン大森林
カムイラル
クム
カダイン
タノム
ガリキア
カムイ湖
オーダイン
コニア
インガス

〔中原拡大図〕

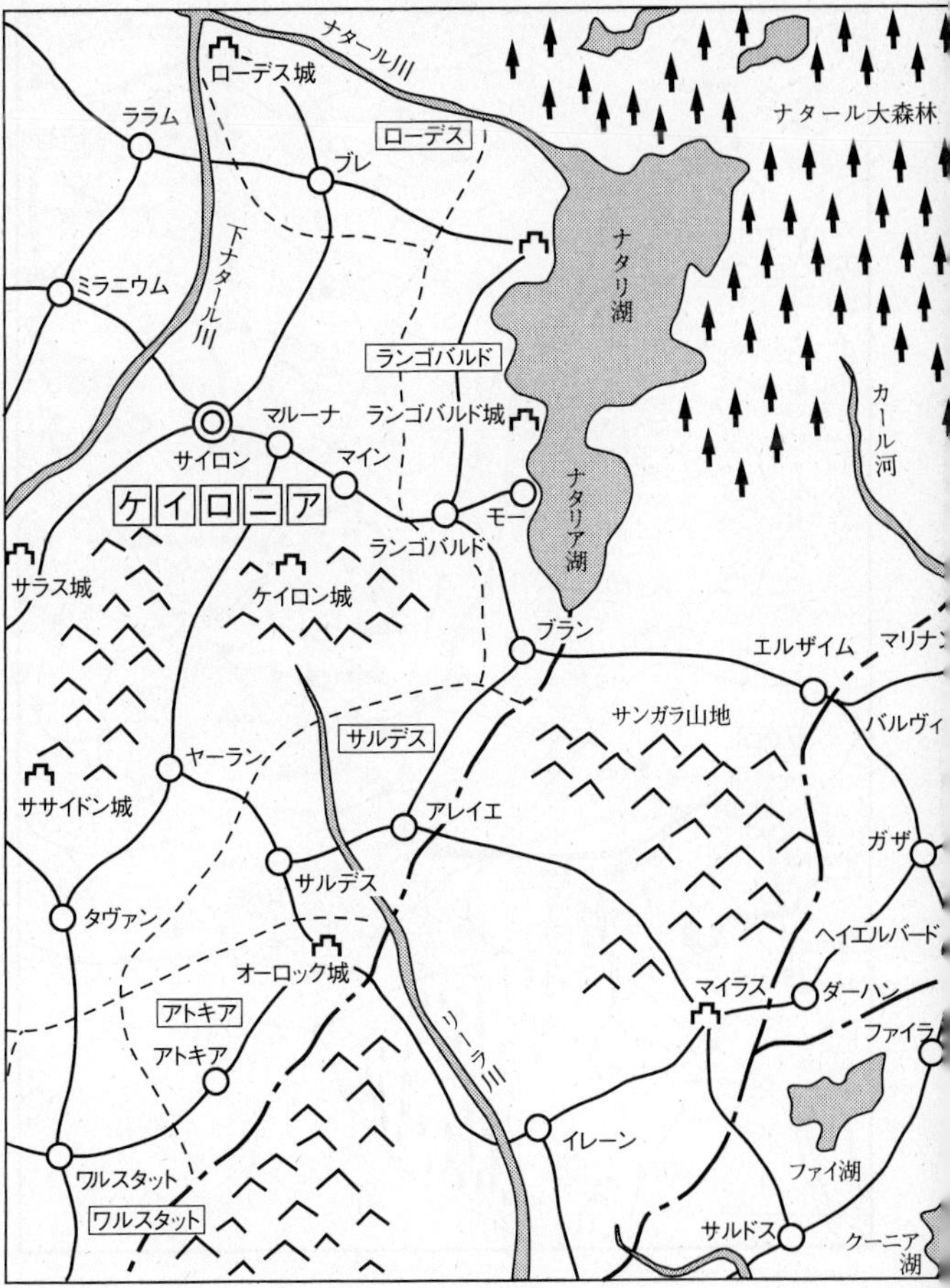
ナタール川
ローデス城
ナタール大森林
ララム
ローデス
ブレ
下ナタール川
ナタリ湖
ミラニウム
ランゴバルド
カール河
サイロン
マルーナ
ランゴバルド城
マイン
ナタリア湖
ケイロニア
モー
ランゴバルド
サラス城
ケイロン城
ブラン
エルザイム
サンガラ山地
サルデス
ヤーラン
ササイドン城
アレイエ
ガザ
サルデス
タヴァン
ヘイエルバード
オーロック城
マイラス
ダーハン
アトキア
アトキア
リーラ川
イレーン
ファイ湖
ワルスタット
ワルスタット
サルドス
クーニア湖

〔中原拡大図〕

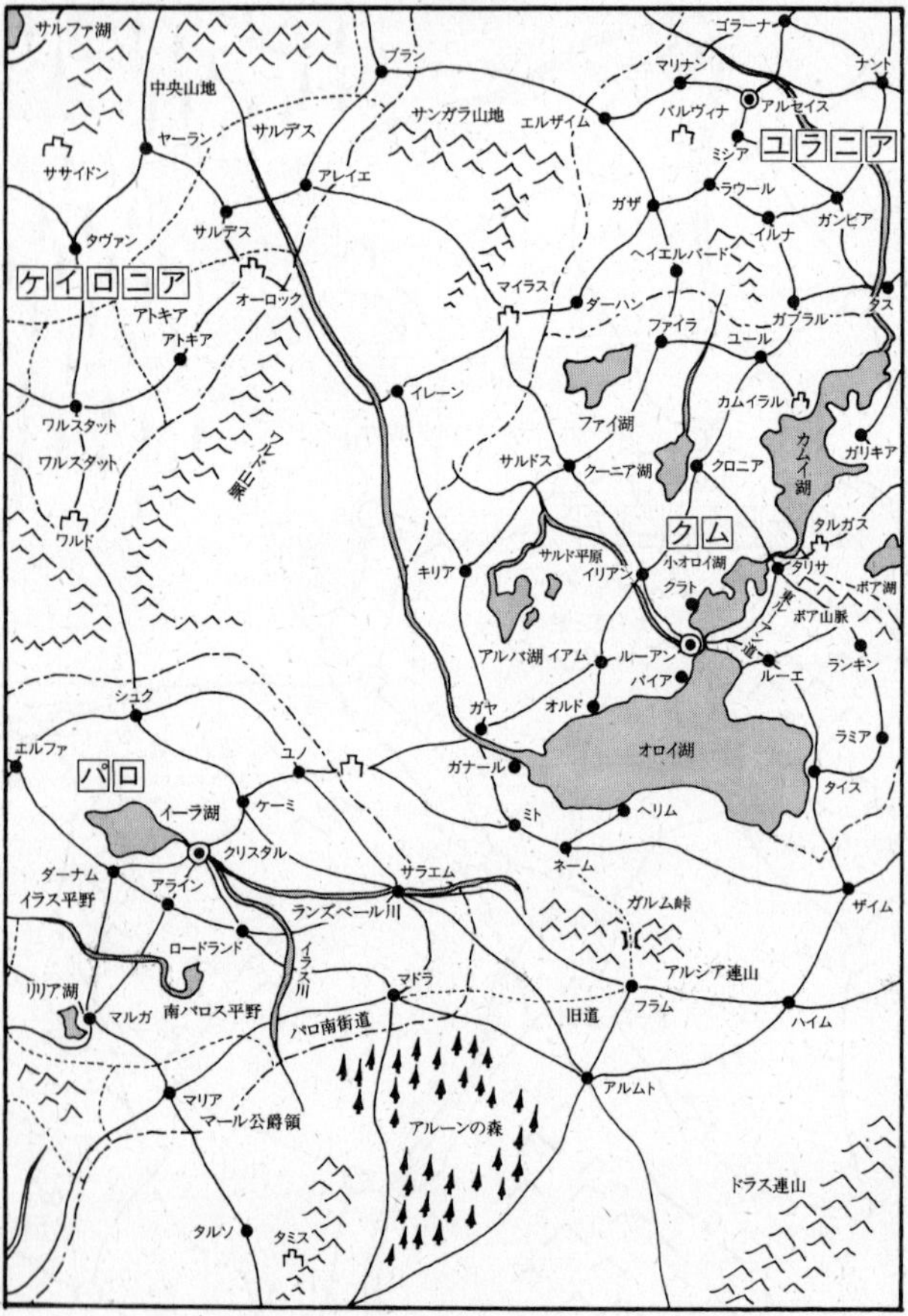
サルファ湖
中央山地
ササイドン
ヤーラン
サルデス
アレイエ
ブラン
サンガラ山地
エルザイム
マリナン
ゴラーナ
ナント
アルセイス
パルヴィナ
ミシア
ユラニア
ラウール
ガザ
ガンビア
イルナ
ヘイエルバード
タヴァン
サルデス
ケイロニア
オーロック
マイラス
ダーハン
タス
ガブラル
アトキア
アトキア
ファイラ
ユール
イレーン
カムイラル
ファイ湖
ワルスタット
ワルスタット
ワルド山脈
ガリキア
カムイ湖
サルドス
クーニア湖
クロニア
ワルド
クム
タルガス
サルド平原
キリア
イリアン
小オロイ湖
タリサ
ボア湖
クラト
東ルーアン道
ボア山脈
アルバ湖
イアム
ルーアン
ランキン
ルーエ
パイア
シュク
ガヤ
オルド
ラミア
エルファ
オロイ湖
パロ
ユノ
ガナール
タイス
イーラ湖
ケーミ
ヘリム
ミト
クリスタル
ネーム
ダーナム
サラエム
ザイム
イラス平野
アライン
ランズベール川
ガルム峠
ロードランド
イラス川
リリア湖
アルシア連山
マドラ
フラム
旧道
マルガ
南パロス平野
ハイム
パロ南街道
アルムト
マリア
マール公爵領
アルーンの森
ドラス連山
タルソ
タミス

パロへの長い道

登場人物

グイン……………………………………ケイロニア王
マリウス…………………………………吟遊詩人
リギア……………………………………聖騎士伯。ルナンの娘
フロリー…………………………………アムネリスの元侍女
スーティ…………………………………フロリーの息子
ドルリアン・カーディシュ……………コングラス城主

第一話　嵐の逃亡者

1

「うわあ。いい天気だなあ」

一夜を過ごした馬車のなかから降り立ったとたん、マリウスは嘆声をもらした。

ボルボロス街道をさらに南下し、すでにカムイ湖の北側にくっつくような格好になっているカムイ湖の一部分、上カムイ湖のきらきら輝く青い水はたえずそれほど遠くない場所に見えるようなところまできている。ぎりぎりでクムとの国境はこえていない——というか、このあたりからタルガスまでは、国境はカムイ湖そのものが形成しているのだ。赤い街道はこのあとガリキアへと下り、そこから道を左にとればオーダイン、そのままカムイ湖畔にそって南下してゆけば、いよいよタルガスで完全にクムの国境をこえる。

カムイ湖畔はかなり小さな町が点々と湖水沿いにあり、にぎやかだが、上カムイ湖のあたりではまだ少し町のありかはまばらである。それに、本当に湖岸に出てしまわなければ、まだ少し、細い裏道などをたどってあまり人目につかぬままガリキアまではゆける。

ということで、グインたち人目を忍びたい一行は、なんとかガリキアからさらに行けるところまでは、ユエルスたちから奪い取った馬車にマリウスと、フロリー親子をのせ、グインが御し、リギアは愛馬マリンカに乗って、クム国境をめざそう、ということに衆議一決したのだった。

まだまだ、パロを目指す一行にとって先は長い。このあと、カムイ湖の南にひろがる小オロイ湖の湖畔ぞいに下ってゆくと、ついに「中原の中の海」オロイ湖にぶちあたる。中原で最大の面積を誇るオロイ湖だけは、迂回してはあまりにも遠回りゆえ、どうあっても船を使うしかないだろう。

そして、無事にオロイ湖を抜ければもう、そこからは自由国境地帯に入る——といったところで、自由国境といっても、クム‐ケイロニア間とか、ケイロニア‐パロ間の自由国境地帯とはわけがちがい、中原のとても肥沃な場所であるから、たくさんの町や自由都市がある。そのあたりが自由国境地帯であるのは、国と国とが国境を接していることによっておこるさまざまな摩擦を避けるため、という、パロとクム二つの古い大国の協定によるものでしかない。

そして、その自由国境地帯をすぎればパロに入る。サラエムからクリスタル街道を使うか、それともいったん自由国境で西をさしておいて、国境の町ユノからパロに入るか——あいだにいささか難所のガルム峠をひかえたアルシア連山があるにはあるが、ネームからまっすぐ南をさし、さまざまのあやしい言い伝えがあるガルム峠をこえてフラムに出て、旧街道からマドラに入り、東側からクリスタルを目指す、という道もある。いずれにせよ、足弱のフロリーと幼いスーティを連れてでは、かなりの時間がかかることも、またどの道を通ってもさまざまな難儀があるだろうことも想像にかたくない。

それだけではなかった。グインとリギアは、ゴーラ軍がこれでかれらの追跡を諦めるだろう、などとはまったく思うことが出来なかった。

ゴーラ軍がどのていどまでユエルス一味からの報告を受け、本当の事実を知っているかはわからない。だが、ああしてボルボロス砦から援軍が出され、フロリーたちを丁重に収容しようとした、というからにはやはり、フロリーの素性、そしてスーティがイシュトヴァーンの隠し子である、という事実は伝わっている、と思わなくてはならないだろう。とすれば、その事実は遠からずイシュトヴァーン自身にも伝わるはずだ。

イシュトヴァーンが、それをきいてどう思い、どう行動するだろうか、ということは、グインにもリギアにもまったく予測がつかなかったが、一番可能性としてありそうなのは、自分の思いがけない子供の存在を喜び、迎えの使者を出すことだった。フロリーについてはどう思うかわからぬにせよ、子供についてはまた別だろう。ゴーラ王国があるていど基礎がさだまってくれれば、イシュトヴァーンとその側近がもっとも欲しいと思い始めるのは、あとつぎとなるにせよ、あるいはその右腕となって活躍するにせよ、いずれにせよもっとも頼りにできる「骨肉」の存在であるだろうというのは想像にかたくない。

それに、イシュトヴァーンが現在持っている一子ドリアンは、いまやイシュトヴァーンを宿敵と見なしているモンゴールの、もと大公アムネリスの遺児である。それに対して、イシュトヴァーンがどのていど本当の愛情を持っているか、ということは、あまり予測がつかなかったが、目に入れても痛くないほど可愛がっているだろうとは、とても思えなかった。その上、イシュトヴァーンは子供が産まれる前も、生まれたそのあともすぐに遠征に出てしまって、ほとんど生まれたばかりの息子と一緒にいたことがない。それで、愛情だけわきあがるかどうかはおおいに疑問だろうとリギアは思っていた。

「それにこの子は、わたくしも認めざるを得ないですけれど、本当に活発で、見るからにイシュトヴァーン王の小さかったころはこんなだったのだろうな、と思わせますしね……」

昨夜、なるべく安全そうな森のなかの空き地に馬車を引き入れてとめ、ささやかな焚き火で暖をとり、グインが森で狩をしてとってきたウサギ《ピュアー》で食事にしながら、リギアは云ったものだ。

「ですから、たぶん、この子を見れば、イシュトヴァーン王はこの子のほうが可愛いと思うようになるんじゃないかという気もするんですけれども――でも、そうやって、庶子で年長で親に気にいられる子供と、正式にすでに王太子になっているけれど、親にうとんじられている子供、などというものが出てくると、国は、もめますからねえ。――その意味では、確かに、スーティはイシュトヴァーン王と対面などしないほうが幸せに成長できると思いますわ。それにいまのゴーラは、国そのものとしても、決してそう安定しているわけではありませんしねえ」

それは、グインも、マリウスも――そしてむろんのことにフロリー自身ももっとも思っていることであった。

それゆえ、ゴーラ軍の追手から身をかわさねばならぬ、というのは、全員の一致した意見であったから、フロリーも必死に頑張り、かなりの強行軍が続いても文句はいわなかった。

最初の一日――ボルボロスからの追手をグインが戦って撃退し、そのまま奪った馬車でひたすら赤い街道をガリキアめざして下った日は、うしろからいつなんどき、追手のたてる砂煙が見えるかと、はらはらしながらの旅にあけ、暮れた。グインもリギアも少しでも追手と距離をとっておきたかったので、夜通し馬を走らせ、グインが馬車を御して、マリウスとフロリーとスーティとは馬車にゆられながら仮眠をとっただけだった。それではとてもずっとは続くまいとグインは思っていたので、翌日も、とりあえず自分は休む必要も感じぬままに強行軍を続けたが、さすがにその夜も車中泊では、フロリーはまだしも、幼いスーティが参ってしまうだろうと、その夜はそうして森のなかに馬車を引き入れて止めたのだった。だが、そうしている間にも追手がかかってくるのではないかと内心はグインもリギアも気が気ではなかったのだ。

幸いにして、道をガリキアから、上カムイ湖畔にそって南下する方法をとったためか、街道筋はずっと静かで、そして追手の声がうしろからかけられてくるようでもなかった。リギアは、一度ならず、「私、少し戻って様子を見て参りましょうか」と偵察を申し出たが、グインがそれよりも先を急いだほうがよいと主張したのだった。だが、いずれにもせよ、このまま無事にパロへゆきつけるだろうとまでは、どちらもまったく楽観してはいなかった。

それに、何よりも、クムが近づいてくるにつれて、このかなり異様な編成の、目立つ一行が、妙に人目をひいてあやぶまれてしまう可能性が重大な問題になりそうだった。いまはまだ、ボルボロス道は、それほどひとけもなく、たまにたぶん行商なのだろう、隊列を組んで北上してくる一行などがあっても、べつだん、いかにも傭兵らしいこしらえの騎馬のリギアを護衛に連れた、個人的な旅の小さな一行と思うのか、こちらに注目するようすもなくすれちがってゆくだけだった。だが、ガリキアをすぎたあたりからは、しだいにそうはゆかなくなってくるだろう、というのは、リギアがすでに予告していたし、マリウスもまた、そう思っていた。

その上、クム国境をこえるには、手形が必要になるだろうし、しかもクム国内に入ってしまえば、そこは辺境の新興国にすぎなかったモンゴールよりも、かなり人口の多い、古い大国だ。いよいよ、一行は、完全に人里に入らなくてはならなくなる。

「クムの大公にでも、万一にもスーティやフロリーの素性が知れるようなことがあったら、これまた厄介なことになりそうですね」

馬車のなかに入って、フロリーとスーティとが毛布にくるまって眠ってしまってから、リギアは頭痛がするというように首をふりながら云った。

「むろんなるべく、顔は見せないように、素性は知らせないように旅を続けて、たぶんクムに入ったらもうグイン陛下も馬車のなかにお入りいただき、御者はディーンさまにかわっていただいたほうが無難だと思いますけれど……それにしても、宿には泊まらなければなりませんし、クムの、それもしだいに中心に近づいてゆくにつれて、野宿などしていたらなおのことあやぶまれてしまうようになってゆくでしょう。ということは、宿に泊まるときには、ずっとフードをかぶっているわけにもゆかないし……そのときには、失礼ながら、グイン陛下のほうが問題になってくる、ということですわね」

「俺は、クムに入ったら、宿をとるときには別行動をして一夜外であかし、朝になって宿をたつときにお前たちと合流するのが無難だろうと思っている」

グインはもうそれについてはいろいろと考えてあったので、あまりためらわず答えた。

「そうでなくとも俺はこの体の大きさだけで充分に目立ってしまうだろうし、フードのなかをのぞきこまれただけでもたちまち氏素性が知られてしまう。人里、特ににぎやかな都会を通過するときには、少し危険をおかしてでも、完全に別行動をして、俺は都会を迂回して落ち合うようにしたほうがかえっていいかもしれんな」

「ええ、でも何かもめごとにまきこまれなければそれでもいいですけれど、ディーンさまがまたぞろ何かもめごとでも引っ張り込んできた日には、わたくしひとりじゃあ、丸腰の殿下と足弱で気弱な女の人と、小さい子まで守りきるのはとうてい無理ですよ。それにこういっては何ですけれど、ディーンさまはことのほかいざこざにまきこまれやすいおかたじゃないですか――というより、御自分から、いざこざを求めてゆくようなところがおありだし」

「失礼だな」

ちょっと憤慨してマリウスはいったが、それはまさにその通りであったので、あまり強く文句も言えなかった。それに、何はともあれ、リギアはマリウスにとっては、八歳から何年もの間ずっと仲良く共に育ってきた、実の姉にもひとしい存在だったので、そんなふうにずけずけと云われても、他の人間に云われたように怒ってしまうわけにもゆかなかったのだ。

「でもそうでしょう。それともちょっとはおとなにおなりですか？　だったら、有難いんですけどねえ。——でもまた困るのは、そうやって都会に入っていったら、ディーンさまのお力がおおいに必要にもなるだろう、ってことですわ」

「だろ」

マリウスは腹癒せに云った。

「いざとなりゃあ、どんな武勇より、舌先三寸のほうが役に立つことだってあるんだからね。それに、都会に入れば、ぼくが歌って金を集めてこないと、町里に入ったら必要なのは何よりもお金になるよ」

「それはまあねえ——私もまさか、返上したとはいえパロの聖騎士伯たるものが、追い剝ぎを働いて路銀を作り出すというわけにも参りませんしねえ」

「大丈夫だよ、人の多いところだったらぼくが間違いなくかなりの金を稼げるよ」

マリウスは得意になって保証した。

「このところぼくの歌はますます上手になってるし。それに、ぼくの歌はどこへいったって必ず受けるんだ。それはもう間違いないよ——これまで、クムにだって立ち寄ったこともあるし、そのときだってやっぱりすごく受けたんだもの」

「はいはい、それはもう、あなたは腕利きの吟遊詩人でいらっしゃいましょうとも、マリウスさま」

いささか皮肉っぽくリギアは云った。

「でも、それで、ついつい調子にのって、いろごとで稼いだり、お客の誘いにのってえらいことになったりするんじゃないですか。それが、いざこざのもと、というんですよ。——こういっては何ですけれども、あなたは、お歌を歌って稼ぐだけじゃないでしょう。お金持ちに声をかけられれば……」

「そりゃ、お屋敷にいって歌ったり、話し相手になったり——寝台の相手になったほうが、市場で善良な人たちが投げてくれるびた銭をかきあつめているより、何倍ものみいりになるからね！」

マリウスは反抗的に云った。何が悪い、といいたげなきかん気な表情がその顔に浮かんだ。

「いいじゃないの。減るもんじゃなし——お互いに気持いい思いをして、それであっちがお金をくれて嬉しい、ぼくもお金をもらって嬉しい、それでもうそれきり、二度と会うこともないかもしれないんだし、あとくされもない、その何が悪いんだか、ぼくにはわからないな。そんなふうに、姑息なしきたりだの、道徳観念だのに縛られてるようなリギア聖騎士伯じゃないんじゃないの。少なくとも、ぼくのきいてたあなたの宮廷での武勇談はさ──」

「ああ、ああ、お互いに、そのへんの話をほじりあってもしょうがないでしょう」

リギアはいささかへこたれて退却した。

「いいですよ、それじゃ、今回はお金もいることなんだし、多少のことは大目に見ることにしたっていいですけれどね。でも、いっときますが、フロリーさんはミロク教徒ですよ。お堅いことにかけては天下一品のミロク教徒のなかでも、特にあのひとは堅いみたいですよ。もしもフロリーさんによく思って欲しいんだったら、まさかに、吟遊詩人というものは歌だけじゃなくて愛も売るんだ、なんてことを知られたりしたらね……」

「う……」

マリウスは珍しく返答に窮した。

そして、ちょっと目を白黒させていたが、ようやく、

「フロリーはそんなこと、きっと気にしやしないよ。第一、リギアが云わなけりゃ、誰もそんなこと知らないじゃないか」

と言い返しただけだった。

リギアはそれで胸がいえたので、また親切になった。

「まあ、私はそんな告げ口するようなことはしやしませんよ。ただ、私は、本当にそこでまたなんかのいらざるいざこざが起こったときのことを心配しているんです。グイン

陛下を呼びにゆこうにも、うまく会えるかどうかわからなかったりしたらね――しかも、あなたとフロリーとスーティをおいて、私がグイン陛下を呼びにいったりしているあいだに、いったいあなたがたはどうなってしまうと思います？　頼りないことにかけちゃ、これ以上の組み合わせは望めないという三人連れじゃありませんか！　おまけにあの餓鬼ときたら目一杯やんちゃ小僧で向うっ気が強いし、フロリーさんは見かけによらず強情だし！　けっこうな組み合わせだこと」

「そんなら、ぼくがグインを呼びにいったらいいんだろう。それでいいじゃないか」

「そんなひまがあればですけれどもね――」

「お前たち」

苦笑しながら、グインが割って入ったので、リギアとマリウスのいわば《姉弟げんか》はお開きになった。

「いまはまだ我々はボルボロスの南にいて、ガリキアにさえ到達してはいないのだぞ。そしていつ、ボルボロス砦からの追手がかかるかわからぬような状態なのだ。クムの、しかも市中に入ってからのことなど、入ったそのときに考えればよい。場合によってはどうしてもそちらの道をとることが出来ずに、クムの国境をこえることさえかなわずはるかに自由国境を迂回してゆかなくてはならなくなるかもしれないのだぞ。どんな可能性も考えておかなくてはならんが、起こってもいないことで争うのは馬鹿げている」

「……」

二人は一言もない、といった顔を見合わせた。そして、もうつまらぬ言い争いはしなかった。

幸いにしてその夜も、冷え込みはそれほど厳しくはなかったし、それに雨も降らず、追手もかかる気配はなかった。リギアとグインは一応念を入れて、焚き火の番をしながら外でかわりがわりに睡眠をとることにしたが、マリウスはマントにくるまって馬車の床に這い上がり、ぐっすりとよく眠っていた。もっともグインもリギアも、剣を抱き、皮マントにくるまったまま、いつでも飛び起きられるようにしながら睡眠をとるすべを体にたたき込んでいたので、そうやって交互に眠るだけで疲労の回復には差し支えなかった。そうやって過ごす夜がこの上何日も続くようであれば、さしものリギアも音をあげたかもしれないが、だがリギアはもう、むしろ何年にもわたって、そういう暮らしをずっと一人で続けてきたのだ。

「思えば、ずいぶんと荒くれた女になってしまったものですわねえ、わたくしも」

マリウスもすっかり眠り込んでしまったあと、リギアは、奇妙な感慨にとらわれたように焚き火の炎を見つめながらもらした。

「ずっと、スカールさまにふさわしい女でありたい――と、それだけを考えて――スカールさまだったらどう行動されるだろう、スカールさまだったらどう選択され、決断されるだろう、とそればかり考えてやってまいりました。そうして、旅から旅へ——いつのまにかこんなにいろいろなことが変わってしまって、いまはもうきっと私、普通の宮廷暮らしなんて、夢にも我慢できませんわね。——すっかり、好き勝手、一人での好き放題をしている癖が身についてしまって。その意味では、ディーンさまを叱ったり批判したりすることなんかとても出来ませんわ。——自由というのは、なにものにもかえがたいものですものね」

「ああ。だからこそまた、俺はフロリーがスーティを自由に育ててやりたい、宮廷などにあがらせたくない、と思う気持もわかる。だが、俺自身はいずれは必ず人々のあいだに帰るだろうと思う——そうせざるを得ない。俺は、お前たちとは違って、このような人目にたつ外見をしている。それを、ちゃんと知っていて、認めてくれる人々とでなくては、一緒にいられないらしい、ということが、こうして旅しているうちに、だんだん身にしみてわかってきたようだ」

「そう……でございましょうかねえ……」

「ああ、たぶんな。——誰もが俺を知っている。俺はそちらの者達を知らなくても、あちらは俺を知っている。そして、誰もが俺をひと目みてわかる——また、俺はこの世で誰にも少しも似ておらぬ外見をしてしまっている。だからこそ、俺が、俺として存在できる場所でなくては、俺はたぶんもう生きてゆくことが出来ぬ。——だが、そのためには、俺はどうあっても俺自身としての記憶を少しでもいいから、全部でなくともよいから取り戻さねばならぬ。——リンダ女王に会ったところで、それが戻るのかどうかは俺にはわからない。ただ、俺はいちるの希望にかけているだけだ」

「きっと——お戻りになりますよ。リンダさまは、ふしぎな力をお持ちですし、陛下とはひとかたならぬよしみ、えにしのあったおかたです。きっと、リンダさまとお顔をあわせた瞬間に、陛下の記憶はすこやかにお戻りになるでしょう」

「力づけてくれる気持は嬉しいが、リギア。俺はそれほど楽観的にはなれぬ。ただ、とにかく他には方法もない。不思議なことだ——俺はケイロニア王であり、そしてケイロニアに妃もいれば、俺を息子と呼んで遇してくれる義父もいるという。だというのに、俺は、それらの人々ではなく、パロの女王に会えば記憶が戻るかもしれぬ、という気持がしているというのがな。——リンダ女王というのは、俺にとって、そもそもどういう存在だったのだろう。——それはもう、会ってみるまではまったくわからぬことなのだが」

「そうですわねえ……」

溜息をついてリギアはいった。そして、焚き火にうつしだされる、豹頭人身の世にも不思議な姿にみとれ、そっと心のなかで、この不思議な戦士が経てきた神話にもひとしいあやしい冒険のかずかずを思いうかべ、さらに不思議の思いにうたれるようすだった。

結局その一夜は、追手の気配に飛び起きてあわてて逃避行を続ける必要もなく、そのまま静かにふけていった。そして、朝がきたとき、マリウスは朝日の最初の一閃とともに威勢よく飛び起きて、馬車から飛び降り、冒頭のセリフを吐いたのだった。

確かにしかし、マリウスがそういうのも不思議はないほどのいいお天気であった。空にはまばゆい朝日がさしそめ、それが万物をあかあかと照らし出していた。このあたりはまだ山が深く、赤い街道を少しはずれればそのあたりはまだボルボロスの周辺におとらぬ山のなかの森であった。その森のなかの空き地を、のぼりそめた太陽の光が、輝かしく照らし出し、世界が明けてゆこうとしている。それは一種感動的な眺めでもあった。

「さあ、今日中になんとしてでもガリキアをこえておかなくてはならん」

グインも、マリウスが馬車の戸をあけるのとほぼ同時に目を見開いていた。リギアは先にやすみ、明け方から見張り番に起きていたので、いくぶん眠そうではあったがもうとっくに起きていた。フロリーとスーティはまだ馬車のなかで、連日の強行軍の疲れによく眠っているようだった。

「きのうの残りの肉ももう残り少なくなってしまいましたね」

リギアが、焚き火のかたわらに置かれていたウサギの残骸を調べながら云った。

「朝ご飯には、まだなんとか——充分すぎるほどはないですけれど、なんとか全員がお腹をみたすことはできるでしょう。ことにフロリーさんはきのうから全然、肉食は禁忌だとかいって食べませんしね。あれでよくもちますね——だからって、あの人のために、ここでなんとかガティ麦の団子を作ってやるわけにもゆかないし。ガリキアに入れば、ちょっとしたものは買ってこられるでしょうけれど。ほんとにミロク教徒なんて、不便なものですねえ」

「いいよ、どうせ少し金も必要になるんだから、ガリキアで少し商売をするよ、ぼくは」

マリウスは馬車の床で一夜をあかしたので、からだがかなり凝っていて、痛そうに節節を伸ばしながらいった。

「そうして、そのときに食べ物も買ってきてあげるよ。だんだん、猟もしづらくなってきちゃうから、そろそろ文明に適応する方法を考えなくっちゃ。きょうじゅうにはもう、一応人間がたくさん住んでいる圏内に入ると思うからなあ」

「ゆくさきざきであなたの歌声が、追手にかっこうな目印になっていなければいいんですけどね」

リギアはつけつけと云った。だが、ちょっと後悔して付け加えた。

「なるべく、目立たないように——といったって、そうはゆかないでしょうけれどね。私もちょっとなんとかして、お金を作る方法を考えてみますよ。私に思いつくのは、まあせいぜいが、何かの便利屋みたいなことをしてやって金をもらうくらいですけれどもねえ。ま、なんとかなるでしょ。これだけいろんな顔ぶれが集まっているんだから」

2

と、いうわけで――

かれらは、フロリーとスーティが起きてきて、ウサギの残りものでとりあえず朝飯をすませると、そそくさとまた馬車に乗り、馬にまたがり、行軍を再開したのだった。行軍、というよりは、逃避行、というほうがふさわしいものではあったのだが。

フロリーはリギアの心配をよそに、ちょっとしばらく時間をくれ、といって森のなかに入ってゆくと、前掛けにいっぱいの果実をいろいろととってきた。そして、それだけで、朝食にしたが、フロリーはどちらにせよ小鳥ほどしか食べなかったので、それだけの何種類もの果実があれば、フロリー親子だけでなく、ほかのもっとよく食べるものたちのデザートにまで充分なくらいであった。それはかれらにはとても有難いことだった――グインもリギアも、体は細くてもマリウスも、よく動き、よく食べて、大量のエネルギーを必要としていたからである。そのフロリーの手腕には、リギアもちょっと見直したようだった。

「意外とやるのね、フロリー。思ったより、生活力がある人だわ」

リギアが賛辞を呈するとフロリーは嬉しそうに頰をそめた。

「ええ、わたくし、草木にはずいぶん詳しいんです。もともと好きだったのですが、ずっと山のなかだけで生活していましたし——そのあいだに、食べられるものを探して、ときには山でとった木の実、草の実だけで暮らしていた期間もあったりしたものですから、すっかり、どういうところにゆけばどういうものがなっているのか、どういうものが食べられて、どういうのは駄目か、詳しくなりました。——ガウシュの村にいるときには、村人のお年寄りにいろいろ話しをきいて、どんなキノコが毒があるのか、どんなのがどう料理すればいいかとか、いろいろ教えていただきましたし」

「その知識をこれからクムではあんまり生かせないかもしれなくて惜しいわね」

リギアはまたつけつけと云ったが、以前ほどは意地悪い口調ではなかった。かれらはそうやって食事をすませると、また、フロリーとスーティは馬車にのり、今度はマリウスはグインと並んで御者席のとなりに座って、リギアはむろんマリンカにまたがって旅を再開することになったのだった。もっとも街道に戻るまでには、森の木々のなかを、馬車をひく馬たちをなだめすかしながら引っ張ってゆくという難儀な仕事が待っていた。マリンカはそうした木々のあいだをくぐり抜けてゆくのにも馴れていたし、リギアと一心同体でどんな細いすきまでも通れるかぎりは怖がらずに通ろうとしたが、二頭の馬車馬たちはなかなかそうはゆかなかったのだ。それにどちらにしても馬車が通るすきまがなくては、かれらは通ることが出来なかった。

だがいずれにせよそれは夜に通った道であったから、通れることは勿論だった。窮屈な思いをしながら、最終的にはグインが、ばさばさと木の枝を切り落として、馬車馬たちがいやがらないで通れるようにしてやり、なんとか街道に戻ると、かれらはほっとひと息ついた。だが、そうなるとさっそく、こんどは追手の心配が待っていた。

「きょうはじゃあ、ちょっとだけ戻って様子を見て参りますね、心配だから」

「ああ。そうしてくれ。ご苦労だな」

「なんの、マリンカも一晩ゆっくりやすんだから元気いっぱいですし」

リギアはマリンカを駆って、一人身軽に赤い街道を駆け戻っていったが、ものの一ザンもたたぬうちに駆け戻ってきた。そのあいだにグインたちの馬車のほうは、あまり早くではなかったが、それでも少し先へ進んでいた。

「陛下。やっぱり、追手はかかっているようです」

だが、リギアのもたらした報告は、一同をなかなか意気沮喪させるものだった。

「かなり彼方のほうではありますけれど、何か尋常でない砂埃がたっています。あれはたぶん、追手——でないまでも相当な人数の騎馬隊ですね。どうしましょうか。少し急がれますか。それとも道をかえられますか」

「かなり彼方というとどのくらいかな」

「それほど近くまでいって確認していると、戻ってきて警告するのが遅くなるのではないかと思ったので、遠くにその砂けむりを見てそれ以上近づかず、しばらく様子をみてそのまま戻ってきてしまったのですが——」

　リギアは考えこんだ。

「そうですわね。あれが訓練された騎馬隊の一団だとすれば、人数はたぶんものすごく多いということはありませんが、すごく少ないというわけでもなさそうです。たぶん百人内外くらいではないでしょうか——しばらくかなりの速度で進んでいるように見受けられましたので、隊商とか、もっと平和な旅の一団という可能性はあまりないような気がします。むろん、アストリアスの一隊だという可能性がないわけではありませんが。——でも、そうですね、一番遠くても私が見たときでここから二十モータッドくらいというしろ、もっと近ければ十モータッドくらいのところではないでしょうか」

「それは、かなり近いな」

　グインは云った。

「この先全力を出して馬車をとばすとしても、それが本当に追手でそのまま追いかけてくるのだとすると、今日中には追いつかれるだろうな。ということは、何らかの対策を講じなくてはならんということだな」

「ええ」

「戦う、という選択肢もむろんあるが、それは俺とお前だけのことだ。そして、片方が馬車を守るのにとられるとすると——それは当然お前のほうの役目ということになるだろうが、俺一人が戦うということになる。このあたりは、昨日のあの山あいの道とは違って、一人で大勢の進軍をはばむにはちょっと具合がわるい。あたりはわりあいに見晴らしがいいし、特に何かさえぎるものもない。——ふむ」

「どう、いたしましょう」

「いま、考えている。——そうだな。もうひとつの手は……」

「はい？」

「逃げる、ということだな。それしかどうやらないようだ」

「逃げる……」

「このあたりの地理はわかるか、リギア、マリウス。——この先に、もうあとせいぜい四、五モータッドいくらいまでのあいだに、分かれ道などがあるということはあるか？」

「それは……私にはよくわかりませんが、ちょっとまたマリンカで見てまいりますか」

「そうだな。こちらはそのまま先に進んでいるので、こんどは先にいって様子をみてきてくれ。戦わなくてはならぬのなら、それなりの方法を考えねばならぬし——といって、いままた森のなかに隠れてやりすごしてしまうとしても、たぶん追手はしばらくいって我々を発見できないようだと、こんどはしらみつぶしに探しながら戻ってくることになるだろう。――その追手に発見できぬほどに森の奥深く入っていってしまうと今度は馬車を捨てることになろうし、そうなればこのあとの旅がいっそう難儀を増してしまう。お前が様子を見てきてくれるあいだに、俺は馬車をなるべく先にすすめながら、いろいろと作戦をたてておこう」

「わかりました」

それ以上何も云わずにまたリギアはマリンカに飛び乗った。

今度は、かれらの先にたって、赤い街道をいっさんに走ってゆく。その後ろ姿を見送り、グインはまた馬車の御者台によじのぼり、マリウスとフロリーとスーティをのせた馬車を御しはじめた。

こんどは、かなりの速度を出して進みはじめたのだが、リギアが戻ってきたときには、それほどの時間はたっていなかった。リギアはマリンカをなだめながら馬車にあわただしく駈け寄ってきた。

「ありました」

リギアの声が弾んでいる。

「分かれ道があります。この先もうちょっと――そうですね六モータッドくらいもいっ

たところに……十モータッドはゆかないで大丈夫でしょう、そこに十字路があって、『右・コングラス　左・バルガス』と書いた標識が立っておりました」

「コングラスだと。バルガス。あまりきいたことのない地名だな。お前は知っているか、マリウス」

「いや……」

馬車の窓から首を出してきいていたマリウスは首をふった。

「知らない。でもここからだと右にゆけばもうカムイ湖畔に近づいてしまうはずだよ。そのあたりを左にまがればかなりオーダインが近くなる……タルガスなら、さらにそのさきを南下した、オーダイン街道からタリサを結ぶ道のかなめの小さな砦だけれど、バルガスというのははじめてきいた。ごく小さな町なんじゃないの」

「ふむ……」

グインは考えこんだ。

「そうだな。カムイ湖ぞいにはかなり人家がある、と云っていたか？」

「いえ、まだ大丈夫です。というか、そのはずです。カムイ湖の南端から小オロイ湖の北端タリサまでは、確か小さな川が通っています。その川沿いに、タルガスの西でクム国境を越えますが、それまでは、人家や集落はありますがそれほど密集してはいないはずです」

「カムイ湖側のそのコングラスとかいう町と、オーダイン寄りのそのバルガスというのと、どちらがひとけは多そうに思える？　俺にはよくわからんが」

「たぶん、バルガスのほうが、平地になる分、人家は多くなってくると思います。オーダインはかなり開けたところですし」

「では、当面のとる道はコングラス道だな」

一瞬の奇妙なためらいののちに、グインは決断を下した。

「まだ、なるべく人家や人間の少な目のところを選んで抜けてゆきたい。どうせそのうちにいやでも人里のど真ん中に出るのだからな。――それに、もしも追手と激突することになるなら、それこそあまり人目をひいてしまうような場所での戦闘には出来ぬ。まだしも、湖畔の森かげのほうがいいだろう。それに平野よりは、湖畔のほうが地形も入り組んでいて、大勢に追われている小人数のものたちが身を隠すのにふさわしそうだ」

「わかりました。では先導します」

「うしろに、砂煙は見えているか、リギア」

「まだです」

「よし。先を急ぐぞ」

切迫した、追い立てられるような境地で――といって、追われている身であるには間違いはなかったが、また馬車と一騎は先を急ぎだした。

馬車の窓には分厚いカーテンと内側からしめる板戸をしめ、中は真っ暗にして、馬車は狂ったように赤い街道を突進していった。馬車のなかにいるものたちにとっては、さぞかしがたがたと大揺れで難儀だろうと思われたが、このさい、それにかまっているゆとりはなかった。コングラス、という耳慣れぬ地名にむけて、かれらを乗せた馬車と、そしてリギアをのせたマリンカとは、ひたすら先を急いだ。

マリンカは名だたる名馬だし、乗り手のリギアとの息も長い旅でぴったりだ。それに較べれば、どうしても馬車馬たちのひく、しかも重たいグインと、うち二人は女子供だとはいえ三人の乗客を乗せている馬車とでは、馬車の分が悪い。リギアはたびたびかなり先にかけていっては、マリンカの馬首をかえして戻ってこさせ、ときどきうしろのほうへ偵察に駆け戻ったりして調節しながら進んでいた。ものの一ザンもそうして進んでゆくと、馬車馬たちがかなり息切れしてきて、休ませてやらぬわけにはゆかなくなった。

「もう、ちょっとで分かれ道なのですが……」

リギアは馬車をとめたグインにちょっと残念そうに云った。

「私、ちょっと先にいって、コングラス道に入ってようすを見てきます」

「わかった。頼む、だが今度はあまり深入りをするな。見通しのいい一本道とちがって何がおこるかわからん」

「大丈夫です。それに、全然知らない地名なので少しようすが心配です」

リギアもマリンカもまだまだ元気いっぱいであった。

だが馬車馬たちはそうはゆかず、相当にくたびれてしまっていたので、グインは馬車から降りて、馬車の座席の下の用具入れにしまってあった馬用の雑布で、二頭の馬たちのからだの汗を拭ってやった。あたりは、以前よりは少し人通りが見られるようになっていた。

だが、それほどにこの街道の交通量は多くはない。山地のあいだを通っているあいだには、それこそ一ザンに一回隊商とすれちがうくらいであったが、それが、一ザンに三、四回に増えたくらいだ。それもやはり、隊商たちがほとんどだ。隊列を組んでゆくのは、やはりまだこのあたりが物騒で、単独で商人たちが旅をするには、追い剝ぎや強盗、山賊のたぐいの心配があるからなのかもしれない。

日はそろそろ中天にあり、だがまだ一日はまっさかりだった。この一日がたぶん自分たちの運命の分かれ道になりそうだ、と考えながら、グインは馬の面倒をみてやり、少し勝手に草をはめるようにはみをゆるめてやり、馬車を街道ばたの、草のはえている路肩にとめておいて、自分も水筒の水を飲んだ。

フロリーとスーティはそっと馬車の内窓をあけ、物珍しそうにあたりを見回している。マリウスは降りてきて、グインが馬たちの面倒をみるのを手伝った。

「コングラスって、ずっと考えていたのだけれどね、グイン」

「心当たりはあったか」

「いや、全然。でも、ぼくは何回も、クムをぬけてモンゴールへの旅もしていて、オーダイン街道もボルボロス街道も通っているんだよ。だけど、そんな、コングラスとバルガスの十字路なんてものは、一度も気が付いたことがなかった。――といって、最近に道が出来たということもないだろうから、よほど小さい道だったのかな」

「まあ、目的がなければ、そんな小さな道標にいちいち目をとめはせぬだろう」

「そうなんだけれどね。でも――そうだなあ。前にタヴィアときたときには、カムイ湖の南端の小さな名前も忘れてしまった町から船にのって、カムイ湖を北上したからねえ……あのときにはタヴィアはお腹に赤ちゃんがいて、船酔いをしてとても大変だったんだけど」

「………」

「なんとなく、そのせいなのかなあ、このあたりの土地には全然見覚えというものがない。おかしいな、ぼくはだいたい、世界中どのあたりでも、十モータッド四方のあいだには、必ずいったことのある場所があったり、知ってる町があったり――その町を知らなくても、その町についての伝説や言い伝えをきいたことがあったりするものなんだけれども」

「世界はこれほど広い。お前が知らぬことがあったといったとて、驚くにはあたるまいさ」

「それは、そうなんだけれども──」

マリウスは、なんとなく釈然としないようすであった。

そのマリウスを、けげんそうにグインは見た。

「どうした。何か、予感でも働くのか。この道は避けたほうがいいようだ、というような気でもするのか」

「そういうわけじゃ、ないんだけれど……」

マリウスは口ごもった。いつもあれだけ火のついたようにしゃべり立てるマリウスらしくもないといえば、まことにマリウスらしくもなかった。

「そうだなあ……なんとなく──いや、予感がするとか、そういうんじゃないよ。ただ……なんとなく──」

「なんとなく、どうした」

「空気が……少しづつ、変わってきているような気が──しない？」

「空気だと」

けげんそうにグインは空を見回した。だが、グインのトパーズ色の目にうつる青空にも、あたりの森のひろがっている赤い街道ぞいの風景にも、何ひとつこれまでとかわったところもなかった。しいていえば、あちらの山あいにひっそりと小さな集落がわだかまっているのがここからでものぞめる程度だ。その手前にあるのはどうやら麦畑と果樹園で、ささやかながらそこにもまた、ガウシュのような小集落が切り開かれているとみえる。そのさきは、ゆるやかな低い山地にはばまれて、見通しはきかなかった。

「特にそういう気もせぬが……」

「そう、ならいいんだ……」

言いさして、ふいにマリウスはおもてをひきしめた。

「グイン。——何か、音がするよ」

「音だと」

「声、かもしれない」

マリウスはいきなり馬車の御者席に這い上った。そして、そこに、へっぴり腰で立ち上がって遠くを見た。いそいで飛び降りてきたマリウスの顔はさらに緊張していた。

「大変だ、グイン。やつら——追手だよ——少し偵察の兵を出したらしい。明らかにゴーラ兵らしい鈍色《にびいろ》っぽい色のよろいかぶとと黒いマントをつけた小隊が——そうだなあ、二十人くらいかなあ、けっこう近くにきている」

「けっこう近くだと」

「うん、その姿が遠くにみえるくらいには。あ、ほら音がきこえた」

「おお」

グインは耳をそばだてた。

マリウスのいうとおりだった。かすかな地響きの音——それは、かなり多くのひづめが街道のレンガを蹴立てる音にほかならなかったのだ。何か、叫び声のようなものも聞こえてくる。グインはさっと立ち上がって馬車に寄り、馬車馬たちのくつわを締め直し、腕木につなぎ直した。馬車馬たちは一瞬、休息が終わるのを知っていやがって頭をふったが、訓練がゆきとどいているのだろう。おとなしくくびきにつながれる。

「乗れ、マリウス。リギアの戻るのを待っているひまはない。ゆくぞ」

「わかった」

「御者席に乗れ。そしてうしろの様子をみていてくれ」

「わかった」

マリウスは素早くまた、先に御者席に飛び上がったグインに手を引っ張られて御者席に飛び乗った。

「フロリー。追手が追いついてきた。少し飛ばすから、内窓をしめて、しっかりスーティを抱いて、転がって怪我をさせたりせぬようにしておけ」

「は、はい、わかりました。グインさま」

「俺があけてよいというまでは何があろうと窓をあけるな。様子を見に、細めにあけたりもするな。マリウスがあけてよいといってもあけるな」

「わかりました」

「舌を噛まぬように気を付けろよ。飛ばすぞ」

　グインは云うなり、馬にぴしりと鞭をあてた。

　馬車馬たちは不服そうだったが、そのまま走り出した。マリウスはいきなり走り出した馬の御者席の隣であわてて手すりにしがみついた。

　グインは容赦なく鞭を打ち続け、馬車をとばさせた。馬たちはゆっくりひと晩休んだあとであったし、まだ午前中を比較的早足でかけただけだったので、それほどへばってはいなかった。だが、グインの重量はかなりのものがあったので、馬車は本来の軽快な速度はなかなか出すことが出来なかった。それでも、馬たちは健気につとめ、馬車はがたごとと激しく揺れながら赤い街道をまた驀進しはじめた。

「どうだ、マリウス。追手は見えるか」

　身を乗り出すようにして馬たちを御しながら、グインが叫ぶ。マリウスは手すりにしがみつきながら、注意ぶかくうしろをふりかえって中腰になってみた。

「み、み、見える、けど、よく、わから、ない」

　激しい馬車の振動で、マリウスの声はきれぎれになった。

「す、す、砂煙、があがってる。少し、近づいてきた——でも、かなり、まだ間、がはなれてる」

「わかった」

グインはまた馬に鞭をあてた。馬たちはいまや泡をふいて必死に走りはじめていた。しばらくのあいだ、マリウスにときどきうしろのようすを見させながら、グインは馬車を走らせることに専念した。さいわいにそのあいだには、すれちがう反対側からの旅客も、またうしろからくる別の旅人たちの姿もみえなかった。

「マリウス、リギアのいったとおりならもう少ししたら十字路につくはずだ。もしかしたらかなり狭い十字路かもしれん。万が一にも見逃さぬよう、よく見張っていてくれ」

「わ、わ、わかった」

グインはさらに馬をかりたてた。だが、いざというとき通り過ぎてしまわぬよう、少しだけ速度はゆるめてやった。それは正しい措置だった――それからいくらもたたぬうちに、マリウスが叫んだからだ。

「あった！　道標だ！　その……ちょっと先の大きなモミの木の先！　この先、右コングラス！　左、バルガス！」

「よし」

グインは馬たちの手綱をひきしぼった。

「ドウドウ。ドウドウ」

声をかけてやりながら、少しづつ速度を落とさせる。

「なんて、ちっちゃな十字路なんだ」

マリウスが思わず声をあげた。

「これなら、ぼくが記憶になくっても不思議はないな。こんなの、一瞬目をそらしていたら、馬の上から、見逃して通り過ぎてしまうよ——ちょっとでも馬をとばしていたら、ただの、それこそ林の脇道への入口としか思わないにちがいない。でも道標がたっているんだから、これに間違いないね」

「ああ。それにもう我々としても、こうするしかない。いったん追手に発見されたら、斥候がかけもどって本隊に報告するだろう。そうしたら、いつかは必ず追いつかれる——それまでにどこかに逃げ込めるというのならいいが、そうでなくば、どうにもならぬ。こちらは多勢に無勢なのだからな。——よし、よし、歩きにくいか。もうちょっとしたら休ませてやる。もうちょっとだけ頑張ってくれ」

グインは馬車をこれまでの半分くらいの狭い街道に乗り入れた。うっそうたる木々が両側からアーチのようにおおいかぶさってきた。

かれらはコングラス道に入ったのだ。

3

「ふーん……」

物珍しそうに、マリウスはあたりをきょろきょろと見回していた。

「コングラスって——聞いたことなかったけどな………なんだか、この道を見たかぎりじゃあ、まるで——旧街道の脇道っていうよりは、ちょっと踏みならされたけもの道みたいだけどなあ——なんだか、この先にひとが住んでたり村があるなんて、とても思えないけど、そのうちなんとかなるのかなあ？」

「さあ」

グインはひどく気を付けて馬を御していた。

急に道が半分ほどにも狭くなった上に、その道はこれまで通ってきた街道のように、きちんと整備されてはいなかったからだ。といって、これまでのボルボロス道も、決してきわめてよく整備されつづけている、とても人通りの多い街道というわけではなかったのだが、それでも、この古い道に較べれば雲泥の差だった。

この道はまさにマリウスのいうとおり、旧街道というよりは、見捨てられた私道のようにしか見えなかった。細い、この馬車がやってくればむこうからはせいぜいひとがひとりかろうじてすりぬけられる程度の広さしかない道の両側にはずっとたけの高い木々のアーチが続き、そして道は、かれらがこのコングラス道に入ったとたんにうねうねとゆるやかに何回も折れ曲がっていた。

それ自体はむしろ歓迎だった――こんな狭苦しい道にかれらが逃げ込んだとは思われなさそうにも見えた上に、ひどく見通しがきかなさそうだったので、追手からは、少しこの道を進んでゆけば、まったくかれらのすがたは隠されてしまいそうだったからだ。

そういう意味では、まさに、こちらの道を選んで正解だったのだった。

だが、マリウスは違う意味で妙に気になっているように、あちこちをしきりと見上げていた。

「わッ」

突然マリウスが悲鳴をあげたので、グインははっとふりむいた。

「どうした」

「あ、ご、ごめん。――す、すごくでっかい蜘蛛がいただけ」

「蜘蛛だと」

「そ、そう。いま木の梢からつうーっと顔の近くに下がってきたんだ、いきなり。――

すごくでっかいやつ、黄金色と黒の、にくたらしくお腹がふくらんだやつ。——あんなでっかいのはじめて見た。だいたい蜘蛛って南のほうに多いはずなんだけど」

「……」

グインは何をたかが虫ごときに騒いでいるのだと呆れてマリウスを見たが、マリウスはちょっと顔をひきつらせていた。

「ごめん、ぼく、蜘蛛嫌いだから……で、でもね、グイン、ただそんな、女の子みたいに騒ぎたててるわけじゃないんだ。なんだか——」

「……」

「なんだか、変な気持なんだ。なんだかずっと」

「どういうことだ？」

「この道をゆくのって——本当は、何かあんまりよくないいんじゃないかっていう気がして——しかたないいんだけど……」

マリウスは小さな声でいった。

「でも……そんなことというと、グインに——なんて迷信深いんだ、まさしく女子供みたいなやつだって軽蔑されそうだし。——でも、ぼく、めったなことではこんなふうになることないいんだけれどな。だからって、予知能力があるなんていうわけじゃないから——リンダみたいにね。だから、気にされても困るし——ちゃんと根拠があってそんな不吉な予感がするなんて云えないから、そのう――ずっと黙ってたんだけど。それに、こっちじゃないほうの道にゆけばどうだかはわからないし、どっちにしても追手がくるんだし……なんとか身を隠さなくちゃならないのは確かなんでしょう？　だから……」

「蜘蛛が嫌いなのはともかく、マリウス」

いくぶんきつくグインは云った。

「あまり、そういうことをすべて結びつけて気にしすぎるな。何か予感があったのなら、それは逆にちゃんとそういってもらったほうがいい。俺はそういうものを馬鹿にしはせん。――俺も、たぶん、そうした直感のひらめきのようなものをなんとなく感じることはあるんだろうと思うし、それを頼りにしていろいろ切り抜けてきたことだってあったはずだからな」

「グインも――グインも何か感じるの？」

はっとしたようにマリウスがせきこんで云った。グインは首をふった。

「そういうわけではない。いま、俺が何か予感のようなものを感じている、ということはない。――だが、なんとなく――そうだな……」

「何？」

目の前にばさっと垂れかかってきた木の枝をあわてて手でふりはらいながら、マリウスは囁いた。大声を出したら、なにものか、耳をすませている山の精霊か、このあたりにひそむあやしいなにかに聞かれてしまうのではないか、とでも心配しているかのようだった。

「いや……」

グインはちょっと考えたが、正しい答えを見つけられなかったように黙り込んだ。

そのまま、ちょっと奇妙な不自然な沈黙がおちた。マリウスはあたりをなおもきょろきょろと少し不安そうに見回していた。そのようすが、なんとなく、不安にかられてあと足で立ち上がって空気をかいでいる若いウサギかなにかを思わせた。

「水のにおいが少ししてきたね」

そのゆえない不安をふりはらおうとするかのように、マリウスはささやいた。

「きっとカムイ湖の水のにおいだ。もうじき、カムイ湖のほとりにつくんだな。そうしたらもっとずっと見晴らしがよくなる――早くそうなってほしいな。なんだか、この道は嫌いだ」

「嫌いもなにも」

グインはいささかぶっきらぼうに云った。

「――リギアはどうしたんだろう」

ふいに、いまあらためて気付いたようにマリウスがささやいた。まるで、大きな声が出すに出せなくなってしまったかのようだった。

「もうずっと先にいったといっても、この道に入って——どのへんまでいってしまったんだろう。見通しが悪いから見えないだけなのかな……すぐそこにいるのかな。早く、こちらに戻ってきて合流すればいいのに」

「……」

グインはひどく鋭く光るトパーズ色の目でじっとマリウスを見つめた。そして、何も云わなかった。

奇妙な緊張感がわけもなく馬車のまわりに漂っているようだった。むろん、馬車のなかでじっとしているフロリーとスーティがそれを感じているかどうかはかれらにはわからなかったが、少なくとも、かれらは妙に神経質になり、そして、おかしなことに多少不安を感じていた。マリウスのみならず、グインも明らかにそうだったのだった。

それだけではなかった。グインが御している馬たちもまた、かなり神経質になっていることが明らかだった。かれらはちゃんと訓練されていたので、めったにはいなないたり、わけもなく騒いだりしなかったのだが、この道にはいってからは、妙に首をふったり、先にすすむことを微妙にいやがるそぶりをみせたりするので、グインが何回か、鞭で軽く叩いてやらなくてはならなかった。馬たちはその長いたくましい首をもたげてヒンヒン鳴いた。なんとなく、それが、互いに、このあたりの奇妙な、あまりかんばしからぬ空気についてたがいに批評しあい、警告しあってでもいるようすに見えたのだ。

だが、グインは充分にあたりのようすにも、また草が欠けたレンガのあいだからぼうぼうと生えている街道のようすにも注意を払いながら、慎重に馬を進めていた。どちらにせよ、かれらにとっては、どんどん先に進んでゆくしか、道は残されていなかった——うしろからは、ゴーラ軍の追手とおぼしき人数が迫ってきつつある。それをすべて片付けてしまうことは、グインには不可能ではなかっただろうが、しかし、それはさしものグインにも相当に大変なことだったし、またグインにしてみればまったく無益な殺生でもあった。だが赤い街道をどんどん進んでゆけばいずれは追いつかれてしまうだろう。そうあるからには、こうしてひっそりと身を隠して——出来ることなら、赤い街道を迂回してカムイ湖畔に出て、そのままなんとか船ででもカムイ湖を下り、ついでオロイ湖を下ってクムの中心部を抜けてしまうところまでゆきたかったのだ。

馬車は、ためらいがちで先をすすむのを妙にいやがる馬たちをなだめすかしながら、じりじりと細い木の下道を進んでいた。もうマリウスは何もいわなかった——珍しくも、あのお喋りのマリウスが黙り込み、きょろきょろとあたりを見回しながら、しきりと何かの気配を探ってでもいるかのようにいくぶん青ざめた顔で御者席の手すりにつかまっているだけだった。グインも何もいわず、すべての注意力をまんべんなく前後左右すべてにむけながら馬を御していた。

あたりはしーんとしずまりかえっていた。さっきまで、ほんのときたますれちがっていた他の隊商たちの気配もまったくなかった。それらの隊商が近づいてくるまえにはかなり遠くからにぎやかなひづめの音や物音がきこえて、さきぶれとなっていたし、それでかれらもまた充分に心構えを作ってグインはフードを深くひきさげ、場合によってはすれちがうまでのあいだだけマリウスが御者をとってかわって隊商たちをやりすごすこともできたのだが、この脇道に入ってからは、とにかく人間というものがこの世界からすべて死に絶えてしまったかのように、あたりは怖いほどひっそりとしていた。

鳥も啼かず、獣も吠えなかった。虫や小動物のさっと走りすぎる気配もなかった。ふつうはこのようなだいぶん平地近くなり、ましてや湖も近い、などという場所の森のなかの道だったら、たくさんのありとあらゆる種類の生物たちの気配に満ちていそうなものだったが、このあたりはひどくしんとして静かだった。何も生きているものがいないわけではないのだろうが、みな息をひそめて気配をうかがって、どこかにひそんでいる、というような奇妙な感じがした。

確かにマリウスのいうとおり、何かがどこか調子が狂っていたし、何かが尋常ではなかった――だが、どこで、何が、どう狂っているのか、とはっきりと指摘することはできなかった。

しいていえば、あやしいのはまさにマリウスのいうように《空気》だったかもしれない。なんとなく、すべてが、かれらという突然の侵入者におののき、怖いほど息をひそめ、耳をそばだて、目をまるくしてかれらの一挙手一投足をうかがい見てでもいるような、そんなあやしい気配があった。マリウスはしばらくそのあやしさにじっと耐えていたが、ふいに耐えきれなくなってまたグインにささやいた。

「ねえ、グイン！」

「ああ」

「なんかすごく——なんかすごくこの感じって覚えがあると思ったら、ねえ！ ほら、ずっとずっと昔にぼくとグインが、遠く北のほうへ旅をしていたときにさ！ 行き当たった何回かの冒険があっただろう。なんか変な村に迷い込んでしまったり——それから、さいごには、あの氷雪の女王の国にゆきついたり！ 女ばかりの村だのさ、それからあの——もっとずっといろんな……死の王国ゾルーディアとか……ああいう変なことがおきるときって——たいてい、これと同じようじゃあないけれども、なにかしら、こういう感じの空気があって、ぼくは……そうすると、なんとなく首のうしろの毛がみんな逆立ってしまうように感じたものだよ！ なんだか、あのことをすごくいま、ぼくは思い出していた、それに——ああ」

突然、思い出して、マリウスはがっかりしたように叫んだ。だが、おのれの声が妙にいんいんとひびきわたったように感じてあわてて声を低くした。

「そうか。グインには、そのときの記憶もなくなってしまっているんだったね。——何回かは話してきかせてあげたと思うけれど、それでも実感はないんだろうな。残念だなあ——あれはみんな、とても素晴しい——といったら変だけれども、そのあとずっと人人がとても面白がって語り伝えるサーガにするような、そういうすごく驚くべき冒険だったんだよ！　そして、それをみんなグインはその勇気や叡智や武勇でもって乗り越えてきたんだ。ぼくはずっとそれをかたわらにあって見ていた。あれはすてきな時代だったよ！」

「………」

グインは困惑したようにマリウスを見た。グインにとってはそのマリウスの感慨が、ともにわかちあえるには程遠い、記憶のなかにはまったく存在していないものであったのは確実だった。

だが、マリウスは、なんとかして、グインにそのときの記憶をすべて、とは云わぬまでも、少しでもそのときの感覚や、あるいはちょっとした記憶の断片をでもよみがえらせられないかと諦めずに試みた。

「ねえ、グイン。すっかり忘れてしまったということはないんだろう？　あのゾルーディアのあやしい女のことは覚えていないの？　それともあの、ぶきみなよみがえったミイラの王アル・ケートルのことは？　あいつがあの魔女タニアを地獄の底へまた連れ去ってしまったんだったね！　ねえ、あの美しい氷に閉じこめられたクリームヒルド女王のことは少しくらいは覚えていないの？　ぼくとあのいやなイシュトヴァーンとともに旅した長い長い北方への道、それから北方からケイロニアへ向かう旅のことは？　こうやって、馬車じゃなく徒歩でぼくたちはずっと長い長い道を歩いた。赤い街道の途切れてしまうほどの辺境までもぼくたちは歩いたんだ。あれは全部で一年も旅してまわっていただろうか？　それとも半年くらいのものだったのかな。とにかくでも、すごくたくさんぼくたちはあちこち歩き回ったよ。そうして、やがてとうとうしだいにあたりは文明のちまたになり――ケイロニアの国境をこえ……あのときも、あなたはとても心配して、人里に入ったら自分は生まれもつかぬ化物として、後ろ指をさされたり、みなに追い回されて追い払われたりするのではないかと気にしていた。だけど本当はちっともそんなことはなかったじゃないの――みんな、目をまるくしてあなたのその豹頭を眺めていたけれども、ちっともいやがりも、ぶきみがりもしていなかった。それどころか、みんなとても感心して、あれはいったいどういう素晴しい仮面なんだろうと口々にささやきあいながら眺めていたんだ！　そして……」

「もう、よい、マリウス」

いくぶん閉口してグインはさえぎった。

「お前ももしかして不安で気持ちをまぎらわしたいのだろうということはわかる。だが、それよりも、いまのこの四囲の状況のほうが俺は気になる。いまは、おのれの過去を思い出そうとしているどころではない。いまを切り抜けるほうに神経がいっているからな」

「それは……そうなんだけれど……」

マリウスはちょっと口をとがらせた。

「でもさ！　喋っていたいんだよ。黙ってじっとしてこうやって馬車に乗っていると、なんだかからだがふくれあがって破裂してしまうんじゃないかっていう気がしてくるんだよ！　なんだかからだのなかにだんだんだんだん、何かの内圧が高まってきて、そして……」

「だが、静かに喋ってくれると助かる。俺はお前のお喋りは決して嫌いではないが、いまはちょっと——お前のことばに耳を傾けているあいだに、何かもっと重大な予兆を聞き逃すかもしれぬ、という気がして仕方ないのだ」

「重大な——予兆？」

ぎくっとしてマリウスは云い、そして急におとなしくなった。

「そんなものを感じるの？　グイン」

囁くようにいう。グインは首をふった。

「いまはまだ、感じない。だが、なんとなく確かにこの森は気に食わない。何がどうとはいわないが、妙に気に食わない。俺はめったにはそういうふうに神経質になることはない人間だと思うのだがな……」

「ああ、それは本当にそうだと思うよ。だから、グインがもしそういうふうに感じるのだとすれば、きっとそれは……」

「リギアのすがたがいっこうに見えないのも、実は最前からかなり気になっている」

グインは低い声で云った。だが、ひどく低い声であったにもかかわらず、その声はまたしてもいんいんとあたりに響き渡るような変な感じがした。

「もう、とっくに戻っていてよいころだ。——だが、もし戻ってないことに理由があるのだとしたら、それはたぶんこの奇妙な悪寒というか——あまりこの森には感心しないな、という俺の気持ちと関係があるに違いない、そうでしかありえない、という気がする。——そうか、俺はお前と北方を旅していたときも、何回もそうやって、さまざまな、未知の森の奥、山の彼方、あるいは氷雪のはてにひそむふしぎな脅威や恐怖に遭遇してきたのだな」

「そう。それに——まるで、吸い込まれるようにそういうところに入っていってしまうような気さえしたくらいだ！　まるで、あなたのなかになにかそういう超自然のものや、妖怪変化を招き寄せたり、そういう空気のほうがあなたを引き寄せる何かの親和力みたいなものがあってね！　そうやって、その長年ひっそりと暮らしていた妖怪変化や魑魅魍魎や——それに、時に忘れられたそういう場所に、あなたが変化や、ときにはさいごの破滅をもたらすためにこそそこによばれているかのように！」

「お前はやはり吟遊詩人なのだな。なんとも、ロマンチックな言い方をするものだ」

というのが、いささか無愛想なグインの返答だった。

「まあいい。だが、この森の静けさも確かに異様だし、リギアが戻ってこないのも変だ。だがその話はまだフロリーに、ましてやスーティにしてはいかんぞ。いたずらに怯えさせるだけのことになろうし——」

「ねえ、馬車を戻して、さっきのボルボロス街道に戻るわけにはゆかないの？」

「だがそこにはたぶんゴーラ軍の追手が待ち受けているはずだ」

グインは静かにいった。そして、なにげない動作で、マントを肩のうしろにふりはらい、腰の剣がいつでも抜き放てるようにした。

マリウスはそのようすを目を細めて見つめた。それからまたあたりのようすを見回した。

「なんだか、空気が止まってしまったみたいだ」

マリウスは、唇をほとんど動かさないままで囁いた。

「なんだか、このへんでは——時というものがないみたいだね。時のない世界に突然——あの角を右にまがったらさまよいこんでしまったような気がする。——おかしいね、タヴィアと二人で旅しているときには、いろいろなところにいったのに、こんなふうな感じがおきたことは一度としてなかったんだよ。確かにあんまり人里はなれたほうにはゆかなかったからかもしれないけれど。——こういう感じがあると、なんとなく、ああ、ぼくたちはまだ本当は自分の住んでいる世界について、何ひとつ知ってはいないのかもしれないんだなあ、っていう気がしてくるんだよなあ」

「それもたいへん詩的な意見だが、いまの場合の役にはあまり立たぬ」

グインは囁きかえした。

「ちょっと馬車を止めよう。お前は、すまないが馬車のなかに入って、フロリーとスーティの様子を見ていてやってくれないか。かれらがこの波動のようなものをどう感じているかわからないが、怯えているといけない」

「わかった」

グインが馬車をとめたので、マリウスはすばやく降りて、なんとなく怯えたふうにマリウスを見つめる馬車馬たちの首をかるく叩いて元気づけてやり、それから、馬車のドアをたたいてするりとその中にすべりこんだ。

グインは少しほっとしたようにそのようすを確かめると、また、なんとなくゆきしぶっているようすの馬たちをはげまして、馬車を出した。正直のところ、グインは、マリウスのお喋りを止めさせたかったのだ。それが不快なわけではなかったが、それよりも、グインはいまは、全身全霊でまわりの、しだいにあやしくなりまさる気配を感じるために、マリウスの喋りにつきあう余地がなかったのだ。

（空気がしだいに淀んで重たくなってきたように感じられる……）

馬車の外側にグインひとりになると、恐しいほどにあたりはひっそりと静かになった。ますます世界が息をひそめてじっとおののきながら、このけたたましい車輪とひづめの音をたてる椿入者を見守っているかのように思われた。森はひっそりとしていて、そして奥のほうがなんとなくぼんやりとかすんでいた。ふいにグインははっとして顔をあげた。

（雨だ）

ぱらぱらぱらぱら——という、梢をうつ音がしたと思うと、ふいに、雨が降り出してきたのだ。

それまで、空はまったくそんな予兆をみせてはいなかったのだが、にわか雨ということだってあるのだからと、グインはなにごとも異変に結びつけたがるおのれを笑い、フードをひきあげて頭をおおった。そして、少しでも見通しのよいところに出たいと、さらに馬をかりたてて、うねうねと曲がりくねった細い道を先へ、先へと馬車をかっていった。

ふいにグインははっと目を光らせた。森の木々のあいだに、下生えにうもれて見逃してしまいそうなくらいの小さな道標が、無造作に道のへりに打ち込まれていたのに気付いたのだ。グインは手綱をひいて馬車の歩みを少しゆるやかにさせ、御者席から身を乗り出すようにしてその道標をみた。

「コングラス城　この先一モータッド」

その道標はひっそりとそう告げていた。

（コングラス城だと……）

グインはおそろしいしかめっつらをした。

それから、ちょっと考えていたが、考えていても仕方ないと、肩をすくめて、また馬車を急がせた。だが、馬は、なんとなく、いくら鞭うたれてせきたてられても、ひどくいやいや、しぶしぶとしか足を運ばないようになってきているようだった。

ふいに雨がざあっとひどく降り出してきた。もう、馬たちを先にすすめることは出来なかった。グインはしょうことなしに馬車をとめ、そして、御者台の上にいるとあまりにもびしょぬれになってしまうので、注意しながら馬車から降りた。その、こけむした、ぼうぼうと草の生えている街道に足がおりた瞬間、グインはかるくぶるっと身をふるわせた。なんとなく、その瞬間に《違う次元》に足をふみこんだ、というような、かなり明白な感覚があったのだ。

（なんだ、これは……）

これは、怪異だろうか、とグインは少し首をかしげて考えた。それから、フードのしずくをふるいおとし、そっと馬車の窓をたたいた。

窓があいた。なかからマリウスのいくぶん青ざめた顔があらわれた。

「どうしたの？　馬車、この先にゆけないの？」

「雨がだいぶ酷くなってきた」

グインは云った。

「このまま小降りにならぬようならこのままゆくが、そうでなくば、ちょっとしばらく雨宿りをしてから先へゆこう。フロリーはどうしている。スーティは」

「あたしたちは、大丈夫です」

マリウスのかげから、スーティを抱きしめたフロリーが青ざめた小さなはかなげな顔をのぞかせた。

「心配なさらないで下さい、グインさま。スーティも私が言い聞かせてますから、いい子にしております。私たちのことは、御心配なさらないで下さい」

「有難う。俺がいいというまで、窓をあけて外をのぞくな。なにもおかしなことがおこっているわけではない。ただの用心だ。それに雨がひどい」

グインは云った。そして、窓をしめるように合図した。

そのとき、はるか森の彼方のほうから、激しい遠雷が聞こえてきた。

4

いまや、世界は、しのつく雨のなかになっていた。

ざああっと降りかかる雨は、いったん森の木々のおかげで弱められているようにみえて、その木々のあいだを抜けて、容赦なく馬車と、そのかたわらにうずくまるグインに降り注いできた。遠雷がしだいに近くなり、そして激しい、落雷の音になって、馬たちをおののかせた。グインは馬たちのあいだに入り、馬を落ち着かせるように目隠しをおろし、そしてずっと馬に小さな声で話しかけていた。稲妻をみると馬たちが動転するだろうと思ったので、目をふさがせてやり、そしてびしょぬれのたくましい肩や首をそっと叩いたり、なでたりして落ち着かせながら、グインはしきりとこれからのことについて考えていた。

空はひどく暗くなり、ぶきみな雨雲におおわれていた。そのあいだを突き抜けるようにして青白い稲妻が走り、そしてすさまじい音をたてて落雷する。これほどひどい嵐を見たのは、記憶を失って目覚めてからのグインにとってははじめてのことだった。いや、そればかりではない。グインのこれまでの旅路には、あの超自然的な魔道によって降らされた、山火事をしずめた大雨のほかには、あまり雨は降ってこなかったのだ。中原には基本的に晴天の日しかないのではないかと、グインはなかば考えはじめていたくらいだった。

だが、この激しい嵐のなかで、ここにこうして立ち往生しているわけにもゆかない——というのが、いっこうに弱まる気配もない雨と雷を見ていて、グインの決意したことだった。

（それに——どうにも気になってたまらぬ。リギアはどうなったのだろう）

リギアは世慣れてもいるし、女性としては相当に武勇にもたけ、自分の身は自分で守れるはずだ。だがそれも、ごくあたりまえの脅威に対してのことで、超自然の脅威については その限りではないだろう。だが、そのようなものに対しては、マリウスとて、フロリーのようなミロク教徒とて、自分とてもどうなってしまうか知れたものではない、と思う。

（このまま進めば——前には、何が待つかよくわからぬあやしい街道——うしろに戻れば ゴーラ軍の追手か。そして立ちつくしていればこの激しい豪雨と落雷）

絵に描いたような窮地に追い込まれたものだとグインは思った。

少し、だが、雨は、ほんの少しだけだが小降りになってきたように感じられた。しかし空は真っ黒で、その空を切り裂くようにして稲光が走る。それがスカールとともに焼死の窮地を脱した、あのすさまじい大豪雨を思い出させる。

（スカールどのは……ご無事でいられるだろうか……）

思いがけず遭遇し、そして短期間に意志を通いあわせ、腹をうち割って話す間柄となり、親しい友と呼ぶようになった相手のことを、グインは思った。

（リギアは、スカールどののもとにかけつけたい、と洩らしていた。――あのようなからだになったいまこそ、スカールどのも、面倒を見てくれる女が必要だろう。……リギアを、なんとか無事に、スカールどののもとに送り込んでやらねばならぬ。――こちらも、なんだかんだと世話にもなったことだ）

リギアとマリンカがこの激しい豪雨と雷雨の下でどうしているか気になる。

ふいに、ががら、ぴしゃーんとすさまじい音をたてて、かなり近くに落雷した。いきなり馬車の窓があいた。

「グ、グイン。だい、大丈夫なの？　すぐ近所に落ちたよ！」

マリウスが悲鳴のような声をあげた。グインは馬のあいだから身をのりだして、かぶりをふってみせた。

「大丈夫だ。怯えるな。窓をあけるな、雨がふりこむ。しっかり戸をしめて、フロリーとスーティを力づけておいてやれ」

「わ、わかった……うわあ、なんだか、このまま道が滝になって流されてしまいそうに降ってる」

そういうと、窓がしまった。

グインはそちらを眺めた。確かにマリウスのいうとおりだった。ざあざあと降りしきる雨が、欠けたレンガの街道の上を流れ、それが馬たちのひづめのまわりを洗うくらいの流れとなって、ごうごうと流れて馬車のわだちをも洗っていた。道は、先のほうにむかって少し傾斜の強めの坂になっているらしい。それで、そちらから雨水が流れ落ちてくるようだ。

（このままここにいるのはあまりよくないようだ）

グインはとっさに判断した。そして、びしょ濡れの馬たちの首をもう一度叩いた。

「お前たちも、もうちょっと怖がらなくていいところへ連れていってやる。心配するな、このままここにいるとよけい恐ろしがらねばならんぞ」

優しくいうと、御者席に這い上がった。御者席もずぶ濡れだったが、革マントに身を包んでいるおかげで、その上にすわっても何も冷たさは感じない。

また、鞭をあてて、馬を動き出させるのに少し手間どったが、両側から目かくしをし、真ん前しか見えないようにし、頭をさげさせて、稲妻に怯えないようにしてやりながら、グインはそろりそろりと馬車を進めだした。いまが何時なのか、もうまったくわからぬくらい、あたりは暗くなり、ただ華やかに闇を切り裂く稲妻だけが、あざやかな明るさを一瞬この森にもたらす。

そのなかを、グインは世にも孤独な放浪者として、馬車を御しながらのろのろと進んでいった。ただひとついいことがあるとすれば、もう、この豪雨と雷のなかでは、追跡してくるものたちも、そう簡単には進めないだろう、ということだけだった。

グインは、ともすればくじけて立ち止まりそうになる馬たちをなだめすかし、時におどしながら、かろうじてのろのろと馬車を進めた。どのくらいのあいだ、そうしてなかなかやまぬ嵐のなかを馬車を走らせていたのかわからない。ときに雨が小降りになり、もうやむのかと思え、遠い空にうっすらと光さえさしてくることがあったが、ただちにそれはまた、激しい雨のあいだに暗く塗りつぶされた。稲光も遠のいたり、近づいていちだんと近くにすさまじい音をたてて落雷したりして荒れ狂った。雷神ライダゴンが思うままに暴威をふるった一時だった——そしてその兄なる雨神ダゴンもまた。ダゴン三兄弟の父である、風の神サーダーがそれほど暴れまわらなかったことだけが、むしろかれらにとっては救いであったかもしれない。

道はだんだん、森のなかを抜けてゆきながら上り坂になって傾斜を強めてゆき、それもまた、馬車にとっては、難儀な道のりであった。だが、そのうちに、しだいに足元が、きれいに整備された石畳になっていった。

それがいつからそうなっていたのか、グインは気付かなかった。ずっと滝のように汚い雨水がどうどうと流れおちて、馬のくるぶしまでもひたるくらいの水量にさえなっていたからだ。それに抵抗しながら進むわだちはひどく重たく、ときに立ち往生した。それでも、じりじりと馬車は進んでいた。たぶん馬たちも、一刻もはやくこのようなところから抜け出したかったのだろう。

いつのまにか、下は、同じく水に濡れ、雨水が流れとなってはいるが、その道の両脇に細く掘った溝があるゆえに、そちらにそれらの雨水が流れ込んで、それほど馬の足や馬車のわだちがひたるほどでもなくなっていた。濡れてすべる石畳は危険だったが、馬たちはまるで小川のなかを歩くような状態から脱したのが嬉しかったらしく、気を付けてふんばりながら確実にその濡れてすべる石畳の坂をあがりつづけていた。しだいにかつかつかつ——という軽快なひづめの響きが戻ってきた。

それはだが、グインにとっては、かならずしももろ手をあげて安心していてよいことばかりでもなかった。石畳がきれいに整備されはじめ、ゆるやかなのぼり坂になってきたというのは、まもなくそのさきに人間の手の加わった何かが出現する、ということを意味していると思われたからだ。

(それが——あの道標にあったコングラス城か……)

このようなところに、そんな城がある、などという話は、きいたこともなかったと、グインは思った。

むろん記憶を失っている身であってみれば、それほどたくさんのことを知っていなかったとしても何の不思議もない。だが、このあたりのことについても、マリウスが、ずっと一緒に旅するあいだじゅう、あらんかぎり喋りたてている。その圧倒的なお喋りのあいだにも、「コングラス」などという地名も、このあたりに城がある、などという話も、まったく出てきてはいなかったのだ。もちろん、マリウスとても知らないことはあっただろうが——

相変わらず空は暗く、いっこうに、本来の時間の明るさを取り戻すようすはなかった。もう今日という日は、このまま長い夜のままで一日を終わるつもりになったのか、とさえ思わせるようなありさまだった。だが、いくぶん、稲光のほうは間が遠のき、落雷もだいぶん遠くなっていた。

かえって、それで、あたりがすっかり暗くなっていたために、なかなか見えづらかったのかもしれぬ。

グインが、はっと顔をあげたとき、すでに、《それ》は、かれらの目の前に、奇妙な圧迫感と威圧感とを醸しだしながら、立ちはだかっていた。

（コングラス城……）

グインは、フードの顔をあおむけるとどっと雨がふりかかってくるので、手をあげて雨をふせぎながら、雨中に屹立している、あやしく黒い城を見つめていた。

それはまぎれもなく城だった。——そして、かれらは、長い道のりのはてに、崖の上に突き出すようにして立っている、その何本かの尖塔をそなえた小ぶりな石づくりの城の前に立っているのだった。グインはそれを見上げ、そしてふいに思った——

(スタフォロス城に似ている。むろん全体にずっと小ぶりだが……)

そう思った瞬間、何か電撃のような激しい衝撃がグインの脳髄を突き抜けた。

(スタフォロス城だと——？　それは……なんだ……聞いたことがある——俺はそこにいたのか？　なんでそんな名前が突然——)

(スタフォロス……スタフォロス城……)

かすかに、脳裏に、真っ赤な燃え上がる炎の映像が浮かぶ。何かけたたましい、甲高い悲鳴とも雄叫びともつかぬ声。人声とも獣の声ともつかない。そして、ひどく切迫した心持。

(この剣をとれ、豹人！)

何かが激しくぐらぐらとグインの心をゆさぶり、かき乱していた。

だが、一瞬にして、その映像は去った。もう、グインがあわててそれをとらえようとしても、それは戻ってはこなかった。グインは茫然として一瞬立ちつくしたが、それから、我に返った。そんなふうにして、追憶を追いかけているような場合ではない、ということをようやく思い出したのだ。

目の前には、あやしい、えたいの知れぬ城が屹立しており、そして、うしろに引き返すことはかなわず、あたりは激しい篠つく雨のなかだった。この城に助けを求めて入ってゆくことが正しいのかどうか、いかにもあやしげな、まるでいかにも妖魔が罠をしかけようとしてこの崖の突端にこの小さな城をおいた、とでもいうような黒い石造りの城を見たかぎりでは、まったくわからなかったが、しかし、グインも馬車も馬たちもびっしょりと濡れそぼっており、そして目の前には少なくとも屋根のある建物があった。

それはひとが住まっているともそうでないとも判別のつかない、ひっそりと暗く静まりかえった小さな城だった。様式なども見てとりようもない——もっとも、何かの記憶がそれを見てよみがえったからには、なんらかの様式にもとづいているのかもしれないが、それについての知識はグインのなかにはなかった。

(どうしたものか……)

リギアの行方も気に懸かっている。

だが、ふいに、グインは雨中で大きくひとつ肩をすくめた。

(えい、ままよ。何か化物が出てくれば、そのときのことだ)

投げやりになったわけではなかった。何があろうと、自分はおそらく、正しく対処できる、そして切り抜けることが出来る——その思いが、グインをうながした。フロリーもスーティも長い馬車の逃避行でかなり疲れきっているだろう。どちらにせよ、今夜はどこかに宿らなくてはならない。

時間的にはまだ午後のなかばくらいのはずだが、このまま雨が降り続き、雷も続いているようであれば、どうなってしまうものかわからない。ますます先をゆくのは難儀となり、また追手を切り抜けるのも困難になってゆくだろう。

この小さな城が、もしかしてかつてモンゴールの国境警備のための砦だったとするなら、モンゴールの旗が尖塔の上に立っているはずだが、そのような旗類は一切見あたらなかったし、モンゴールでなくとも、ゴーラであれ、どこの旗も紋章らしいものも、所属をしめす何ものもこの城の周囲には見あたらない。

それにこのようなところに小さな砦を作ってあったとしても、そこまでいちいちゴーラ軍がモンゴール軍にかわって兵を派遣しているとは思えなかった。ゴーラがモンゴールを占領してからそれほど時間がたっているわけではないのだ。そしてゴーラも話にきくかぎりではごく若い、新興——というよりもまだほとんど「出来かけ」といったほうがいいような国家にすぎない。そこまで、組織だって他の国を征服し、支配するだけの力や体勢が整っているとは思えない。それにこのあたりはモンゴールとクムのちょうどさかいめの、自由国境とも必ずしも言い難いがどちらの国に属しているともいえないあたりで、いざとなればごく簡単に国境線は動くだろう、というのは、きのうの夜だったか、よもやま話のおりにリギアがいっていたことだった。

それから考えれば、この城が、ゴーラにも旧モンゴールにも、といってクムにも属さない、小さなささやかな自由都市であるのかもしれない、ということも充分に考えられる。

(まあいい。もうこうなれば出たところ勝負だ。なるようになれというものだ)

考えが決まった。

グインは、ぐいとまた手綱をひき、馬車をもう一度すすめた。城のどこにもあかりは見えない。そしてあたりはしのつく雨で、ようやく多少小降りにはなってきていたが、逆にこんどは日が暮れてきたので、かえってあたりは暗くなっている。

うっそうたる森林が左右にひろがっている。崖の下にはかすかに光るものがひろがっていて、それは川ではなくどうやら湖のようだったので、それがきっとカムイ湖なのだろう。この城は、カムイ湖を見下ろす崖の上にぽつねんと建っているのだ。細い一本道が森をぬけて続いていた。石畳のゆるやかな坂がゆっくりとまがりくねって続き、そしてその先に、おぼろげに雨のなかに、石造りの門柱と左右に開かれている鉄柵がみえた。そのさきからは急に石畳は広くなっている。そこからがこのあやしい城の版図なのだろう。

グインは、馬たちをなだめながら、石坂をのぼってゆき、その門を入った。ふいに、奇妙な身震いがグインのたくましいからだをつきぬけた。

（これは……）

何か、いま確かに、異次元の扉をくぐった、という心地がした、とグインはひそやかに思った。

馬車のなかは、どうしているのだろう。すっかり静かになってしまっていて、マリウスも窓から顔を出して騒ぎ立てようともしない。あるいは多少けおされてしまっているのかもしれない。

グインは馬たちをかりたてて、門をくぐり、そのさきの、ゆるやかな勾配になっている広場をあがっていった。その突き当たりに、石づくりの大きなアーチになっている門があり、そのさきが小さな内庭の車寄せになっていて、その奥が張り出し屋根になっていた。グインは車寄せに馬車を寄せていった。馬たちは微妙にこの建物に近づくのを歓迎していない様子があったが、あえて逆らおうとはしなかった。だが、ひどく落ち着かなくなっている様子が感じられる。グインは、馬車を張り出し屋根の下にとめると、御者席から飛び降りた。ぶるぶるとからだを振って、マントにたまった雨のしずくを犬のように払い落とし、馬たちの首をたたいてなだめてやり、手綱のはしを車寄せの柱にまきつけると、馬車の窓を叩いた。

窓がすぐにあいて、マリウスと、そのうしろから、不安顔のフロリーとスーティの顔があらわれた。

「ここは……どこなの、グイン」

マリウスの声が、緊張しているかのようにひどく低くなっている。グインは手をのばしてスーティの頭をなでた。

「コングラス城だ」

「コングラス城って……そんな城、きいたことがないよ」

「俺も知らぬ。ま、俺が知らぬのは当然かもしれぬがな。だがどうも雨はなかなかあがりそうもない。今日はもうこれ以上さきへ進むのは無理だろう。となれば、馬車のなかで夜明かしするのも二日続いては気の毒だ。このさい、ここに宿らせてもらうしかないだろう」

「えーっ、で、でもグイン……」

「大丈夫だ」

グインは低い、だがしっかりとした声で云った。フロリーにも、スーティにも安心させるように、ことに声に強い響きをこめた。

「何かあっても俺と一緒に行動していれば大丈夫だ。そう信じていろ。どちらにせよ、いまより悪いことにはなりようもない。うしろからの追手を避けるためにもここで宿を借りられるのが一番いい。心配するな、俺がついている——たとえどのような妖魔が出てようとも、俺がなんとかしてみせる」

「そ——それは……まあ……」

マリウスは不安そうに首をつきだして、あたりの様子を眺めながら囁いた。

「いつだって、グインさえいれば——これよりもっとずっとあやしいところでだって、あのほら、魔女たちの村でだって、なんとでもなってきたけれど……でも、こんどはスーティもいるし、フロリーもいるんだよ。……なんだか、この城……変な感じがするなあ……」

「それは俺も同感だが、最初からあやしんでいるのだったら、何も気付かずに罠に飛び込むのとはまったくわけが違う。ともあれ様子を見てみることにしよう。ちょっとここで待っていろ。まだ降りるな」

「ええッ、グインが馬車をはなれたら……」

「大丈夫だ、中までは入らぬ。案内をこうて様子を見るだけだ」

グインは馬車の窓をしめさせて、玄関に近づいていった。

張り出し屋根の奥に、大きな鉄の帯を何段にも打った、巨大な見上げるような木の扉があった。その鉄の帯には、奇妙な見たことのない紋章が刻まれていたが、それは、何かグインの見たこともないようなあやしい怪物が二匹、後足で立ち上がって向かい合っているような模様に見えた。怪物の首から上は鳥のようにみえ、下半身はトラか豹かなにかそのような猛獣に見えた。そのまんなかに、巨大なノッカーがあった。グインはそれのとってをとりあげてひいた。重たい音がひびきわたったが、それはまた激しくなってきた雨音に消された。グインはじっと待った。

ふいに、ぎいい——とぶきみなきしむ音をたてて木の扉が内側へあいてゆくのがわかった。グインは、いつでも剣を抜けるように身構えたまま、油断なくそのすきまに目をこらした。

たとえ何があらわれても、グインはあまり驚かなかっただろう。どのような怪物があらわれようと、どんな意外な展開になろうと、驚かぬよう、心構えをして、グインはじっとそのすきまからあらわれるものを待っていた。そこに、ぬっと、巨大なひとつの顔と、そしてかんてらのあかりがあらわれた。しばらくぶりに見るあかりのように思われて、懐かしく、まぶしかった。

「コングラス城へようこそ」

だが、低い鈍い声がそう云ったとき、グインはひそかに眉をひそめた。

あらわれた顔は、もしもそれがグインでなければ、驚愕と恐怖の声をあげてしまうかもしれぬ顔であった。それは、グインと同じほど高いところにあった——めったに、グインは自分と同じ高さのところに顔があることに出会うことはなかったのだ——ラゴンの長ドードーを別とすれば。

だが、扉のすきまからあらわれた顔は、まさしくグインと同じほど巨大で、そしてグインと同じほど高いところにあった。そして、その顔の異形であることも、また、グインにほとんどひけをとらぬくらいであった――グインはまだ、あやしまれぬようにと、マントのフードを深く傾けて豹頭を隠していたのだったが。

あらわれてきた顔は、下からその男――男以外のものではありようがなかった――がさしだしているかんてらのおかげで下から照らし出され、一瞬、それは南国の不思議な肉食獣であるときく獅子《シムラー》のようにあやしく見えた。鼻筋がひらたくつぶれ、額が四角く張り出し、そして頬がそげて落ち込んで、口のまわりにも顔のまわりにもびっしりとごま塩の髭らしきものが密生している。頭も同じ灰色のぼさぼさの、たてがみのような髪の毛が覆い尽くして、なかば顔の上半分を覆っているので、なおのことけだものじみて見えていた。

だが、それは、まるきり獣の頭とひとのからだをもつ、グインと同じような半獣半人に見えはしたけれども、そうではなかった。それは、きわめて異形な容貌をもつ、巨大な人間の男であるようだった。だが、その目もグインのように――だがグインのトパーズ色の目よりはかなり色の濃い、茶色の獣の目のような目をしていたし、分厚い唇がめくれあがるといまにも獣のうなり声がそこからもれてきそうだった。その男は唸るような声をあげながら玄関の扉を左右にもうちょっと押し開いた。その男のうしろにあやしい、なんとなく謎めいた暗がりがひろがっていた。

「コングラス城へようこそ」

その獣人めいた男は繰り返した。そしてうっそりと頭をさげた。

「あるじが、お客人をお迎えして参れというので、お迎えに参りました。まずはこう、お入り下さい」

第二話　古城の一夜

1

「どうぞ、お通り下さい。そこは雨がかかりましょう」

大男は、かんてらをこちらにむかってさしつけたまま、グインがなぜ入ってこないのかと疑うように、繰り返した。その声はにぶく、太くて低かった。何か奇妙な永劫の悲しみにも似た悲哀をたたえたその肉厚な顔は、表情というものを失ってしまったかのように、グインの巨体を見ても少しも動かなかった。

「待て……」

グインはフードをひきさげた。ためらいがちに云う。

「この城の御主人とはどなたか。また、俺は一人ではなく、連れがあるのだが。――客人を迎えてこいと命じられたといわれるのは、御主人は我々がこの城に入ってくるのを望楼からでも見ておられたのか？」

「私は主人の命じたままにお迎えにあがりましたまで」

男は云った。そしてぼさぼさの頭をうっそりと下げた。

「この城はコングラス城、この城のあるじはコングラス伯爵でございます。伯爵が、お客人のご一行を早くお迎えして、濡れたものをぬいでくつろいでいただけと命じましたので、私はこのようにお迎えにあがりました。そこは雨がふりこみます。さ、お馬車の馬のお世話はのちほど私がいたしますので、どうぞ、奥へ」

「……」

グインは、迷った。

が、また、肚を決めた。どうせ、この城へと続く門を入ってきた時点で、（なるようになれ）と心に思い決めていたのではないか、とまた思い返したのだ。

「しばし。連れを連れてくる」

グインは馬車に戻って、そっと窓をたたいた。

「降りるぞ。――城のかたが、迎え入れてくださるそうだ。ともあれ雨のあがるのを待とう」

「……」

マリウスは、一瞬、どうにもこうにも何か云いたい、というような顔をしたが、グインがじろっと見るとそのまま黙って荷物をとり、馬車から降りた。そして、ためらいがちにフロリーがスーティを連れて馬車から降りるのを手伝ってやった。

かれらが玄関のところにやってくると、大男はかんてらをかかげて足元を照らしてくれた。それから、玄関の扉をかれらが入れるようにもうちょっと大きく開いた。ギイ、ギイというきしむ音は、もう何十年ものあいだ、その扉が開いたことなどまったくなかったかのように響いた。

中はほこりくさく、かびくさい、しっけたような空気が漂っていた。そして、天井がおそろしく高く、そして暗かった。暗いのも道理で、かなり広い玄関のホールに、左右にひとつづつ、小さなろうそくが壁龕の燭台にかざされているだけだった。そのろうそくのあかりがゆらゆらと揺れて、薄暗い玄関のホールを照らし出している。そのなかに、かんてらを手にした、グインと同じほど巨大な、なんだか妙に古風な感じのなりをした大男が立っているのを、マリウスたちは驚異の目で見た。

「お邪魔します」

マリウスが低く云った。

「ようこそコングラス城へ」

男はにぶい声で繰り返した。そして、かんてらを掲げて歩き出した。

「こちらへ。わたくしのあとをついておいで下さい。――このあたりは日頃あまり使っておりませんので、だいぶん汚れて、ちらかっておるかと存じます。私のあとをこうついておいで下さい」

「……」

マリウスとフロリーはちょっと顔を見合わせた。スーティはしっかりと母にしがみついた。そのスーティの小さな手を、フロリーはしっかりと握りしめた。

「大丈夫よ。大丈夫よ、スーティ」

フロリーはそっと小さな声で囁いた。

「やっと、怖い雷の音のきこえないところにきたのよ。よく我慢したのね。えらかったこと」

「……」

スーティは何もいわなかった。ただ、フロリーの手にしがみつき、グインの服のすそをもう一方の手で、これさえ握っていれば安心といいたげに握ったまま、小さなかれにはあまりにも巨大にみえるであろう、あたりのようすを見上げ続けていた。

じっさいそれはきわめて古く、天井の高い、なかなか不気味でもある城の内部であった。外側はすべて石造りだったが、中には古い錦織の布が一面に張られていて、だがその色はすでにくすぼけて模様もわからないくらいになっていたので、ときたまかんてらのあかりでにぶくあちこちがきらりときらめくくらいで、あとはすっかり真っ黒なようにしか見えなかった。

だがかつてはとても豪奢だったに違いない――そしてまた、そのころには、もっとずっと明るく、そして光にみちていたのに違いない、と思わせるものがあった。壁龕のなかには雪花石膏だったらしい、いまでは埃で黒ずんでしまっている奇妙な異国風な女神像がひとつづつ、必ずおさめられていた。そのあいまの壁面には、巨大な、それももとはあざやかな金色に塗られていたのだろう額縁におさめられた、先祖の肖像画だの、神の絵だの、また風景を描いた絵だのがかけられていた。床の上には、むきだしの石の床の上にすりきれた絨毯が半分ほどしいてあり、壁にそって、大きなのや小さいのや、いろいろなかたちのテーブルや物置き台がすえつけられていた。その上にも、かつては山のように新鮮な花々が生けられていたのであろう、大きな、絵を描いた花瓶がおかれたり、由緒ありげな石像や、燭台などさまざまなものがごたごたと置かれていた。

全体の様式についてはグインはわからなかったが、ただ、この建物全体がとてつもなく古くて、そしてちょっと何かが異色であることだけははっきりとわかった。何がどう異色であるとは云えなかった――また、どちらの方面にむけて異色なのかも云えなかったが、ただひとつはっきりしているのは、それが「あまり中原らしくはない」ということだった。だからといっていまのグインはそれほど、そういうことに詳しいとは云えなかったのだが――しかし、なんとなく東方めいてもいれば、また、逆に、北方のかおりのようなものもあるようだった。それも、だが、グインがそういうものについてよく知っているというわけではなかったから、ただ「そういう感じがする」というだけのことだったのはやむを得ないことであった。

迎えにあらわれたぼさぼさ頭の大男は、かんてらを高くかかげてかれらを先導しながら、まっすぐに城の奥へ、奥へと入ってゆくようすであった。長い、まんなかにすりきれた赤い絨毯をしき、両側にはところどころに小さなテーブルがあっていろいろなものがおかれ、そのまわりには必ず小さな椅子もそえてある、いささかごたごたした廊下を抜けて、かれらは城の奥へと入っていった。

それは奇妙な体験であった。なんとなく、べつだんあのさっきの十字路を右に折れてコングラス道へ入ってくる前までと、何もかわってはいなかったのに、ひどく遠いところにやってきたような、そんな感じがつきまとっていた。スーティはすっかり大人しくなってしまっており、きょろきょろとあたりを見回しながら、不安そうに、だがその不安をひとに見られるものかというように下唇をぎゅっと吸い込んで、母の手とグインのマントのすそを握り締めていた。

マリウスは、珍しく黙り込んでいたが、その目はいつになく鋭くあたりを見回していて、どうやら、何か、なんでもいいから手がかりをつかんで、この城についてなんらかの故事来歴や、自分の知っている知識のかけらでも見いだせないものかどうかと必死に考えをそれからそれへとつむいでいるようだった。だが、どうやらマリウスにも、まったく何ひとつとして思いあたらなかったらしいことは明白だった。フロリーは心配そうだったが、おとなしくついて歩いていて、何もかもグインとマリウスとにゆだねているというようすでいた。

城は入っていってみると見かけよりずいぶん奥が深いようだった。外から見たときには、かなり小ぶりな、城というよりも、城の様式をそなえただけのただの城館のように見えたのだが、じっさいには、中に入っていってみると、この廊下だけでもずいぶんと長かった。そして、さいごにつきあたりにくると、大男の執事——かなにかなのだろうとグインは考えていた——は、かんてらを掲げて、

「こちらへどうぞ」

と鈍い声で云い、かれらを、そのつきあたりにある螺旋階段へと導いた。螺旋階段の手すりにもびっしりとこまかな彫刻がほどこされていた。

突然マリウスが悲鳴をあげかけたが、かろうじてかみころして左手で何かを激しくふりはらった。とたんに黒い何かかなり大きなものが、がさがさと音をたてながら、階段の下の暗がりへと逃げ込んでいった。フロリーはぎょっとした顔になって口に手をあてたが、スーティを怖がらせてはと思ったのだろう。何も云わなかった。それは、かなりぎょっとしても不思議はないくらい大きな蜘蛛のようだった。

グインは虫くらいでは驚かなかった。油断なく目を四方に配りながら、先頭にたって、

フードを深ぶかと引き下げたまま大男の執事のあとについて、らせん階段をのぼっていった。のぼった上の踊り場で、執事はかんてらをかかげ、そしてそのつきあたりのこれまたいろいろな彫刻をほどこしてある大きな扉をうやうやしくノックした。

「客人をお連れいたしました」

扉をあけて、そう告げる。なかから、

「お入り」

といういらえがあった。ふいに、明るい光があふれてきた。

それはたいして明るくなかったのだが、異様に明るいように思われた——それまでの廊下があまりにも暗かったからだろう。グインは目をしばだたいたが、そのまま入っていった。ほかのものたちも続いた。

室内は広く、そして、目が一瞬の明るさに慣れてくると、それほど、いうほど明るくはないのだ、ということがすぐにわかった。じっさいには、室は、あちこちにおいたろうそくの暗いあかりでだけ照らされており、室のすみずみなどは、深い暗い闇のなかに沈んでいるようにさえ見えるくらいだった。だが、それでも、廊下や玄関にくらべれば格段にたくさんのろうそくが燭台にともされていたので、そのおぼろげなあかりで、室内全体はぼやっと浮かび上がっていた。そのなかに、一人の貴族の男が、机の向こうに座っていた。

室はこれもかなり天井が高くて、そして同じように装飾的で、同じように古びていた。重々しげな深紅色の壁布で張られ、重たげなカーテンが垂れ下がり、そして窓はあったにせよそのカーテンで見えなくされていた——壁にはいくつかの肖像画がかけられ、また、奥には巨大な黒檀の机があった。その上には、書き物の途中でもあったらしく、ひろげたままの書物と紙と筆たてや羽根ペンなどが乱雑に並べられていた。その机の上にも、手が支えているかたちをした白い燭台があって、そのおぼろげなあかりのなかに、長い髪の毛をうしろでたばね、深緑色の分厚い生地の長いガウンのようなものを着た男が座っているのがぼんやりと、幻のように浮かびあがっていた。

「ようこそ、コングラス城へお越し下さいました。このような嵐のなかで、さぞかし難儀なさったことでしょう。とりあえず、濡れたものをぬいでおくつろぎ下さい——このような大嵐はこの地方はじまって以来のことです。さぞかし驚かれたでしょうし——また、お疲れにもなったことでしょう」

その幻が口をきいた。その声は、深みのある、教養と地位を感じさせる、かなりの年輩の男の声であった。

グインは迷った。それから、フードをふかぶかと引き下げて顔を隠したまま、丁重に頭をさげた。

「素性も知れぬ旅の者を御親切にお迎え入れいただき、そのご厚情と御親切の程にあつくお礼を申し上げる。わけあってこのフードをとることはお許し願いたいのだが……」

「そのご懸念には及びますまい。ケイロニアのグイン王陛下」

おだやかに云われて、はっとグインは身をかたくした。

「それを、なぜ」

「私は魔道をたしなむ者」

城主——であろうと思われた——は静かに云った。

「私はコングラス城主コングラス伯爵、ドルリアン・カーディシュと申すものです。といってどこの国から爵位をたまわったわけでもない。この城とその周辺は一応自由都市として、いずれの大国からも独立している。コングラスの城はすでに建立されてから六百年を数えますが、建立したそのときには、初代の城主である私の先祖がこのあたりの領主でありました。いまだクムの国境線はカムイ湖にいたらず、モンゴールにいたっては、まったく存在さえもしておりませなんだ。それゆえ、このあたりはそれぞれの領主によって統治されており、誰もそれをさまたげる者はおりませんでした。——そのまま、モンゴールが建国され、クムが領土を拡張し、自由国境は狭められてついにはほとんど消滅したが、このあたりはあまりにも奥まってへんぴである上に、先祖代々、魔道師でもある家柄ゆえに、代々の領主が結界を張っておりましたので、どちらかの国の侵略を受けるということもなく、こうしていまだにささやかながら自由都市としての版図を保っております。といったところで、領主といっても、領土といえるのはこの城ひとつ、周辺の土地にはそもそもすまう人間もおりませぬが。はははは」

コングラス伯爵はおだやかな笑い声をあげた。

「だが、それゆえ、この城をつぐものは代々、魔道師の修業をつむことを要求されております。——私も長年あちこちで魔道師としての勉強のはてに戻ってきてこの城の城主をつぎました。——それで、グイン陛下とそのご一行がこちらをさして、コングラス街道に入ってこられたことは、はじめから私の水晶球にうつっておりましたので、こうして」

城主はゆるやかに手をさしのべて、机のかたわらにうっそりと立っている大男を指し示した。

「この執事のヴルスにお迎えにあがるよう申しつけた次第でございます。むろん私とて、このような浮世をはるかに離れた場所にひっそりと住まっていはしても、魔道師として、世界各国、ことに中原の情勢にはつねに目を配っております。ケイロニアの豹頭王といわれるほどの英雄の出処進退はおおむね存じ上げておりましたが、よもやわがコングラス城にその英雄をお迎えできることになろうとは、つゆ思わず、本日はまことに光栄至極」

伯爵はおぼろげなあかりのなかで、にっと笑った。なかなか端正な顔立ちをしてはいたが、どこか微妙な違和感を誘うものがあったのは、その長い髪が、あまりにも漆黒にすぎたゆえだったのか、それとも、そのおだやかな声と貴族的なものごしと、そして整った顔立ちにもかかわらず、どことなくつきまとう、微妙な暗黒の気配のゆえであったのだろうか。

「さ、そのようなことですから、どうぞご遠慮なくフードをお脱ぎ下さい。豹頭王には、すっかりびしょ濡れになっておられる。私の自慢の絨毯の上にも小さな池が出来てしまうほどだ。早速、お着替えを運ばせましょうゆえ、さっぱりと乾いたものに着替えられ、まずはゆるりとおくつろぎ下さい。早速に熱い茶などいれさせましょう。——そちらの、お連れがたは」

「これは、恐れ入る」

グインはなおも用心しながら云った。

「こちらは吟遊詩人マリウス、それがしにとっては義理の兄弟にあたるもの。こちらはフロリーといって旅の途中道連れになった敬虔なミロク教徒であられる。そちらはそのご長男のスーティ」

「マリウスどのに、フロリー嬢に、スーティどのですな」

刻みつけるように、ゆっくりと城主は云った。その目がきらりとあやしい笑みに輝いた。

「いずかたも、わがコングラス城へのお越し歓迎申し上げる。ことに幼いお子連れとあればさぞかしお腹もおすきであろうし、お疲れでもありましょう。雨がやみ、嵐が過ぎるまでと申さず、長旅のお疲れがとれるまで、お心のむくあいだ、いくらでも逗留なされるとよろしゅうございますぞ。幸いこの城はただいまはごくごく小人数しか住まっておりませぬによって、空き部屋はいくらでもございましてな。——お連れがそれぞれに違う部屋を三つづつ使われてもまったく問題ないほどに、部屋はいくらでもあいております」

「いやいや、さようなことまでお世話をかけては、あまりにもいたみいる。ともあれしばしの間、雨宿りをお願いできれば、それでもう、何もその上のお手間はおかけ申さぬ」

「まあ、そうおっしゃらず——何がさて、マントをおとりになり、世に名高い、噂のケイロニアの豹頭王のご尊顔を私に拝謁の栄をたまわらぬか。グイン陛下」

「……………」

グインは、ちょっとためらった。

それから、黙って手をあげて、フードをうしろにずらした。薄暗いろうそくのあかりのなかにあらわれた、黄色い地に黒い斑点がとび、そしてふたつの丸い耳をもつ豹頭を、コングラス伯爵は低い叫び声をあげて感動したように見つめた。

「拝見したか、ヴルス」

　伯爵は感に堪えたように叫んだ。

「これはまたお見事な。――本当にまことの豹頭であられるのですな。いかに世上のうわさ高かろうと、あくまでも、それはうわさ、まことの豹頭というよりは、おそらくはそれを連想させるなんらかではないのかと思っておりましたが――いやいやこれは想像以上な。それに、何を申し上げるにも、そのご体格が――ごらんのとおり、このヴルスもなかなかにみごとな体格をしておりましょう。それゆえ、私は、このヴルスよりも大柄な人間はこの地上にはおるまいと――タルーアンの蛮族のなかにさえそうそうはおるまいと考えておったのですよ。ただ、もしかすればノスフェラスの巨人族ラゴンにはいるかもしれぬが――そもそもこのヴルスもラゴンの血をひいているのやもしれぬとさえ思っておりましたし。しかし、陛下はヴルスにいささかもひけをとらぬどころか、おそらくヴルスよりも少しお背はおありになる。おそらく体重のほうはヴルスのほうがあるでしょうが、それは脂肪ですからな。あまり褒められたものでもございません。は、は、は、は、は」

　短く区切った奇妙な笑い声を伯爵があげたが、誰も、ヴルスも含めて唱和するものはなかった。伯爵はいささか気まずそうに咳払いをした。

「えー……その……ということで、では、皆様をまずお着替えの間にご案内させましょう。そこにかわいた衣類を用意いたしましたゆえ、どれでもお好きなのをお使い下さい。そういっているあいだにしだいに暮れて参りましたので、粗餐ではございますが、いささかのおもてなしをご用意いたしたい。それが出来るまで、お着替えになってまた、こちらの居間は手狭ゆえ、客間に火を燃しつけさせましょう。そちらで、温かい火にぬくもりながら、さまざまの珍しいお話でもお聞かせ願いたい。またことにそちらのおかたは旅の吟遊詩人ということであれば」

「それが、生憎と、彼はいささかの事情があって、得物のキタラを破損いたして」

グインが言いかけたが、マリウスが素早く云った。

「いえ、御希望がおありとあらば、それがたつきでございますゆえ、どのようなお望みにもお応えいたします。ただ、キタラがありませんので、それほど素晴しい演奏はお聴かせできぬかもしれませんが……」

「いや、その御心配は御無用」

伯爵が低く笑った。

「この城には、どのような楽器もいくらでも揃っております。よろしければ、せっかくこの城に御訪問下さった記念に、旅の吟遊詩人殿に、お好きなキタラでも、リュートでも、ほかの楽器であれどれでも差し上げましょう。それもご用意させねばなりませんな。エルリス。エルリス」

伯爵が手を叩いた。すっと突然、影のようにもうひとりの人物が扉の前にあらわれたので、思わず一番そちらの近くにいたフロリーは叫び声をあげるところだった。

「相変わらず不作法な奴だ」

伯爵が云った。

「びっくりさせて申し訳もございません。この者は私の従者で、何もご案じになるような者ではないのですが、ただ、生まれてこのかたこの城で育っておりますし、氏素性もいささか世の常の人間とは異なっておりますので……だが御心配はいりません。見かけはちょっと変わっておりますが、ごく忠実なただの従者でございますから」

伯爵がそういうのももっともだった。

影のようにあらわれたその従者は、ほっそりとして、まだ成人しきらない少年のように思われたが、そうかと思うともう、百年も生きてきた老人かとも思えた。髪の毛も眉も、肌の色も真っ白なアルビノだったのである。そして、その目はあやしいルビーの真紅に光っていた。その従者はなんとなく、人間というよりは、まっ白な毛並みの猫がまたまひとのすがたに化身しているかのように思われた。

マリウスとフロリーとはちょっと顔を見合わせた。そして不安そうにグインを見た。スーティはすっかり魅せられてしまったようにこのふしぎな三人をまじまじと見つめていた。エルリスと呼ばれた白子の従者は、肌や髪の色以外には特に異色なところもなく、ごく普通の小姓のお仕着せのような衣裳をつけていた。長い真っ白な髪の毛は肩のうしろまで垂れていたが、それを黒いリボンでゆるやかに結んでいた。

「皆様のために夕餉の用意を。二番目の客間だ。それに暖炉に火を燃やしておけ。それに楽器の箱を、そこに持ってきておくのだ」

伯爵が命じた。妖しい従者はそのまま黙って頭をさげて、影のようにまた室を出ていった。グインはするどい目でそれを見つめていたが、気付いたように向き直った。

「コングラス伯爵、かさねがさねの御親切いたみいる。お言葉に甘えて今宵一夜の宿を拝借いたしたいが、明朝には連れも待っていることゆえ、何があろうと出立せねばならぬ。不作法なる申し条ながら、今宵一晩のみ、おもてなしにあずかりたい。連れが心配していることと思うゆえ」

「お連れ様とは、どのような」

「いや……」

「なにさま、御心配は御無用のことに。このようなへんぴなところにひっそりと建っている城であってみれば、妖魔、まやかしのたぐいが巣くって城主を僭称するかとお疑いもあろうが、私はまぎれもなく、第三十二代コングラス城主ドルリアン・カーディシュ、コングラス伯爵以外のものではございませぬ。おいおいにこの地やコングラス伯爵家の来歴なども、夕餉の席ででもお話いたしましょう。ともあれ、まずは、かわいたものにお着替えの上、ゆるりとおくつろぎあれ。私の秘蔵の葡萄酒なども酒蔵から運ばせましょうほどに。日頃、何年、何十年にもわたって、まず来賓などない暮らしをいたしておりますので、たまの客人はまことに嬉しく喜ばしいものなのですよ。くれぐれも、お気兼ねは御無用のことに。さ、ヴルス。お客人をご案内せよ」

2

「グイン――ねえ、グイン！」

ようやく、マリウスが、せきをきったように口をひらいたのは、執事の謎めいた大男のヴルスがかれらを、コングラス伯爵の居間から、またしばらく暗い、こんどはさらにあやしげにごたごたといろいろなものの置かれている二階の廊下を通って、かなり大きな別の部屋に案内し、そこに大きなつづらのなかに入れてあるさまざまな衣類のどれをでも好きに使うようにといい、そして、また半ザンほどして支度が出来たころに迎えにくる、と言い残して立ち去って、やっとのことでかれらだけになった、ほぼその瞬間のことであった。それまでのあいだ、必死にこらえにこらえて喋らずにいたのだから、マリウスとしてはそれも無理はなかったのだろう。こんなに長いこと黙り込んでいるなど、マリウスにとってみれば、あまりにも画期的なことだったのに違いない。

「ねえ、これどういうこと――どうするつもりなの？　あいつ一体何者？　あやしいよ、何から何まであやしすぎるよ！　だのにこんなとこに、こんな奥までのこのこ入ってきちゃって——グインらしくもないよ！　こっちにはフロリーだってスーティだっているっていうのに——第一、あいつはなんだってグインのことを知って……」

「静かにせんか」

グインは苦笑した。

「まだ、扉の外にあの執事が——でなくとも、他のものだって、いないとは限らんぞ。いくらなんでもこれだけ広い城にあの大男の執事とあの従者とその三人だけ、ということはないだろう。他にもおそらくつとめている者はいるのだろう。それもまあ、人間とは限らぬにせよな……」

「あの従者、あれは何があろうと魔物に違いないと思うよ！」

マリウスはまくしたてた。すっかり興奮してしまっていたのだ。

「第一あの血紅石みたいな赤い目！　あの目は絶対に魔物の目だと思うよ。あの執事だって、なんだか口のききようが——そうだ、あの執事だってなんだか人間離れしているし、それにやっぱりなんといってもあの伯爵！　あんな変な伯爵なんかいるもんか！　第一そんな長く続いた自由都市だというんだったら、少なくともパロへだって名前が届け出られているはずだ、このあたりを通る隊商だってパロからたくさんいるんだから！　それが、何ひとつ知られてないなんてこと、おかしいよ、おかしすぎる！　ありえないよ。こんな城があるなんて話、一回だってきいたこともないし、それに……」

「まあ、落ち着け、マリウス」

おかしそうに、グインは云った。そして、大きなつづらのなかの衣類をあれこれと面白そうに取り上げて調べていた。

「なんで、そう落ち着いていられるのさ！　ぼくにはわかんないよ！」

マリウスは騒ぎ立てた。

「第一、そんな、この城の服なんか身にまとったりしたら、いったいどんなことになるんだか、知れたことじゃ……もしかしたら、それのおかげで——そんなものを身につけたら、あのさっきのあやしげな城主の命令に従わなくてはいけないという魔道がかけられているとか——この城にいったん入ったらもう二度と出られないとか——この城で飲み食いしたものはもう、ここから出てゆけなくなってしまうとか……」

「たいがいにしろ、マリウス。フロリーとスーティが怖がっているだろう」

「い、いえ……怖がってはおりませんですけれど……」

フロリーはあわてて云った。

「スーティは、まだ……何もほとんどわかりませんから、逆に……怖いと思う気持もないみたいで……でも、わたくしも……マリウスさまのおっしゃるとおり、あの伯爵は……あの従者も、あの執事も——ひとの悪口はいってはならぬ、とミロクさまはお教えになっておられますけれども……それでも、なんだかあまりにもぶきみなので、これはもう……どう考えても普通ではないのじゃないかと……」

「普通。だが普通とはそれでは何だ？」

グインは云った。その声は、かなり苦い笑いを含んでいた。

「俺は、普通だと思うか？　だとしたらそれはお前たちがただ単に俺に見慣れてしまった、というだけのことにすぎぬ。俺は決して普通ではないし、これからも本当の意味で《普通》ではあり得ぬだろう。それはもう、いかにケイロニアの人々が俺を豹頭王として受け入れてくれたところで同じことだ。――だが、そのせいかな。俺は、さっき、奇妙な気がしたのだ」

「奇妙な気……」

「ああ。俺は、最初この城にさしかかって、入るかどうか迷っていたときに、なんとなく、この城が、手招いているような印象を受けた。それからしてまぎれもない魔道のあかしであったのかもしれないが――それに、俺の身につけているお守りであるらしいこの――この瑠璃がひどく熱くなって、どうやら俺に魔道の何かが近づいている、と警告してくれているようすに感じられた。むろん、その警告をきかぬつもりはないのだが、しかし、それにもまして、俺はこの城が手招いている、というその印象にひかれた――それは、あまり、《悪いもの》だ、という気が、俺にはしなかったのだ。だが、まぎれもなくあやかしだろうな、という気ははっきりとしたのだがな。――だが、俺は――妙にひかれるものを感じないわけでもなかった。それで、あえて——俺がいれば、たぶん、お前たちをどのような脅威からでも守り通すことができるだろうと信じて、この城に入ってきたのだが……」

「そ、そんな危ないこと！　あやかしだと感じていたのに、ぼくだけならまだしも、フロリーとスーティもいるというのに——かれらを危険にさらすなんて——！」

「いたずらにフロリーやスーティを危険にさらしなどはせぬ」

いくぶん強い口調でグインは云った。

「俺なりによく気を配って、決してかれらに怖い思いなどはさせぬつもりだ。そのことだけは信じていてもらおう。——それに、俺には……うまくは云えぬが、かれらのなかに《邪悪なもの》は感じられぬのだ」

「だって——まやかしだ、って……！」

「ああ、たぶんまやかしには違いないが、そこにはそんなに悪意があるとは思えぬ。どうしてかな——この城は、それともあの城主が、かもしれぬが、俺に会いたがっていたのだ。俺はそんな気がしてならなかった。むろん、本当にそれを信じていいのかどうかはわからぬが……まあ、ともかく……」

グインは感心したように、古びた衣装箱のなかからとても大きな一枚の、ひどく昔ふうの上着を引っ張り出した。

「俺はびしょ濡れで寒くてかなわぬのでこの衣類を貸してもらうこととしよう。お前たちは気になるならそのままでいたらよい。どのみち俺ほどは濡れてはおらぬだろうからな。——だが、この服はずいぶんとまた、古びているし、それにこのようなかたちの服は……」

「それは、本当にとてつもなく古いものだと思うよ」

まだ、中っ腹ではあったが、思わず感じ入ってマリウスは云った。

「どう見たって、それ、百年じゃきかないくらい前のものだよ。そんな大昔の衣類がまだ着られる状態で残っているなんて思ってもみなかった。そのくらい、昔のものだと思うよ——もしかしたら、四百年とか、五百年とか昔のものなんじゃないかな。確か、昔の肖像画なんかで、そんなのを着ているのは、そのくらい昔の連中だけだよ——うわあ」

グインがびしょ濡れになって重たい皮マントを脱ぎすて、その下に身につけていた鎧下と足通しを脱いでその衣類を身につけたのをみて、思わずマリウスは歓声をあげずにいられなかった。

「すごい、グイン。それ、まるっきり、昔の——ほんとに大昔の宮廷絵巻の王様みたいだ。豹頭だからなおのこと、本当に昔の絵本のなかの半獣半神の王様みたいだよ。凄い」

「誂えたように大きさもぴったりだ。それに着心地はなかなか悪くない。ちょっと仰々しくて、いささか気になるがな」

グインは室の奥にあった大きな姿見で、薄暗いなかでもくっきりときわだって鮮やかな豹頭に、大昔のあまりにも古風な古めかしい豪華な衣類を身につけたおのれの姿をためつすがめつして見た。大きな、針金をいれて首のうしろまでたかだかと立てた黄ばんだレースのうしろ襟のついた、ゴスラン織の色あせた地厚なマントをかけ、その下には、起毛しているびろうどにこまごまと切り込んで刺繍と模様切りをほどこしたふくら織りの胴着とその下にたっぷりとした黒い別珍のシャツをつけるようになっている。下は腰まわりまでその胴着の裾があるので、その下に、膝のところですぼまって皮ひもで飾り結びをするようになっているひどく昔ふうな足通しと、そして長い厚地の靴下だった。

フロリーもスーティも、その古風な衣類を身につけたグインの姿をすっかり感心してまじまじと見つめていた。グインは胴着の腰にもともとついているかなり幅広の腰帯をぐっとしめあげた上に、自分の使っていた剣帯をまきつけ、そして愛用の大剣を差し込んだ。剣帯につけるかくし袋もとりつける。

マリウスはちょっとためらっていたが、衣装箱の誘惑にまけてかがみこみ、中を調べ出すと夢中になってしまった。

「うわあ、すごい。どれもこれもすごく昔のだけど、みんな保存状態はすごくいいな。

どれも、何もすりきれたりしていない。ああ、このドレス、これなんか君にぴったりだよ、フロリー。ずっと着たきりすずめで気持が悪いだろう。ちょっと着替えたら？」

「え、でも――大丈夫なんでしょうか――？」

「ああしてグインが着て平気なんだったら、たぶん大丈夫さ」

さっきは、そのようなものをまとって平気なのか、と非難したくせに、こんどはマリウスはあっさりと宗旨替えをして云った。

「これ、とてもきれいだな、この草色のドレス。これを着たきみを見てみたいよ、フロリー。ちょっと着替えてごらんよ」

「そ、そうですか。それでは、お恥ずかしいですけれど、わたくし、ちょっと着ているものの裾を濡らしてしまって、寒くてしかたなかったので……失礼してそれを拝借させていただくことにいたします」

フロリーは姿見の奥に女性の着替えにうってつけのように深紅色のカーテンをひきまわしてある一角があるのを見つけて、いそいでそこに入っていった。それを見送ってマリウスは自分も、どろどろに汚れていたマントを脱ぎ、そこにあった適当な衣類を探し出していそいで身につけた。スーティにあうものだけは残念ながらなかったが、スーティはまだ、全然雨に濡れてもいなかったので着替える必要はなさそうだった。

目を丸くして見ているスーティに見守られながら、マリウスも着替えをした。どうやらこの衣装箱には、さまざまな時代の衣裳がまとめて無造作に放り込んであったようで、マリウスが手にした衣類は、グインが身につけたものよりもかなりあとの時代のものだった。せいぜいいっていまから三、四十年前のものだと思われる程度のもので、そんなに違和感はなかった。それでも、袖口がいまのものではありえないくらい大きく開いていて、手首のところでリボンで絞るようになっていたり、比較的ぴったりと身にそったシルエットの服に着慣れているいまの人間にはびっくりするくらい、ゆったりとたっぷりめの生地をとった、すそひろがりのシルエットだったりしたが、それほどおかしくはなかった。マリウスはさいごにいつもかぶっている自分の吟遊詩人の三角帽子をちょこんと頭にのせると、グインが自分のすがたをうつした姿見をしげしげと覗き込んだ。胸のところを右肩から左腰へとななめに横切っている飾り帯が一番、いまの時代の服装との違いを感じさせた。

「ふわあ」

マリウスは鏡をのぞきこみながら奇妙な声をあげた。

「すごいな。なんだかぼく、まるで——五十年も昔の吟遊詩人みたいだ。うん、確かにもっと昔にはみんなこんなふうな格好で歩き回っていたんだと思うよ——それに——わっ、フロリー。綺麗だ。とても綺麗だよ」

「あの、わたくし、おかしいことはないでしょうか」

いくぶん羞じらいながら、鏡のうしろから、びろうどのカーテンをあけてフロリーが出てきたので、マリウスはあわてて鏡の前からどいた。

フロリーがまあ、一番無難にみえた——というよりも、女性の服装というものは、いつの時代でも、結局はおそろしく奇抜なものから、かなり伝統的なものまで幅が広く、その結果として女性がどういう服装をしようと、男性ほどにはとっぴだとは思われなくなってしまった、ということなのかもしれない。

フロリーが身につけていたのは、ゆったりとした明るい草色のかなり古風な、グインのそれとマリウスのとのちょうどまんなかくらいの年代のものか、と思われるドレスだった。上半身がぴったりしていて、首は肩のところから切り替えになってレースの筒襟がついている。袖は二つに割れてそのあいだからレースの下袖がのぞけるようになっていて、ところどころオレンジ色のリボン飾りでとめられている。同じオレンジ色のリボンが肩の切り替えのところにも、またつまみあげて波打たせてある二重の裾のへりにもふんだんにつけられていて、それでフロリーは可愛い小さな明るい色の葉のついた木にオレンジ色の花がたくさん咲いているみたいに見えた。すそはふわりと拡がっていて中にたっぷりとしたパニエを入れるようになっているところが、相当に古風な感じをあたえたが、そうした格好は、小作りでおとなしげなフロリーにはよく似合った。肩から、同じオレンジ色のリボンで結びつけて、ちょっと薄い草色のレースの長いマントが裾までふわりとひろがっているところからみると、それは昔の貴族階級のお姫様のドレスだった。

「やあ、とても綺麗だ、フロリー」

マリウスが手を叩いて喜んだ。

「そ、そうでしょうか」

「ああ、とても綺麗だよ。ねえ、スーティ、母様は綺麗だろう」

「母様――ちれい」

スーティはびっくりしたらしく、目をまんまるにしてフロリーを見つめていたが、恥ずかしそうにフロリーが室のまんなかに戻ってきても、フロリーのそばによろうとしないで、あわててグインのかげにかくれてしまった。どうやら、はにかんでしまったらしかった。

「わたくし、おかしいことはないでしょうか？」

「ないとも。その服はとてもよくあうし、大きさもぴったりだったようだ。確かに旅するには多少華美かもしれないが、この城でもてなされるには、これまでの我々の服装だとたしかにあまりにも粗末ではあったかもしれんな」

グインは吠えるように笑った。

「それにしてもまるであつらえたように大きさもぴったりだとはな。まるであらかじめ調べて用意しておいてくれたかのようだ。むろんそんなことはあるまいが」

「ええッ。そ、そんなこと、あるのでしょうか……」

フロリーはまだなんとなくびくびくしているようすだった。それをみて、グインはまた笑った。

「もう、あまり気にせぬことだ、フロリー。いずれにせよ濡れた汚れたものを着ているよりは、古めかしくてもかわいた清潔な衣類をつけているほうがずっとここちよい。それは確かなのだからな――このさいだから、明白に相手が我々を害しようとしている、とはっきりするまでは、いたずらに敵と思わず、相手の親切を受けて感謝しておけばいいのではないかな」

「それはそのとおりですわね……」

なんとなくはっとしたようにフロリーは云った。そしてまだはにかみがちなスーティを胸にひきよせた。

「確かに、あのまま雨のなかで立ち往生していたら、今夜は食べるものもなく寒いままで、とてもひどい目にあっていたのですわ。そう思ったら、いたずらに疑ってばかりいるなんて失礼なお話ですわね。わたくし、さっきはちゃんとご城主様にお礼も申し上げられませんでしたけれど、もっとちゃんと愛想よくするようにいたします。スーティもちゃんと御挨拶しましょうね」

「……」

スーティはきっと唇をひき結んだだけだった。

そこへ、かるいノックの音がして、あの大きな執事のヴルスが入ってきた。手に、こんどは平たい皿の上にろうそくたてのついたあかりを持っていた。

「お支度はととのわれましたでしょうか。あるじが、夜のお食事を御一緒にしたい、と御招待して参れとのお言いつけでございますので、お迎えにあがりました」

「それはかたじけない」

グインは穏やかに云った。

「我々一同もこうしてお貸しいただいた清潔な衣服にあらため、改めてお礼にあがらなくてはと思っていたところだ。ぜひ、伯爵どののもとにご案内いただきたい」

「かしこまりました。こう、おいで下さい」

ヴルスは大きく扉をあけはなって、かれらを通した。そのあいだずっと足元を照らすようにたかだかと燭台をかかげていた。

かれらはまた、さきほどの薄暗い、すりきれかけた絨毯の敷かれている廊下を通って、ずっと二階を突き当たりまでゆき、長い螺旋階段をおりて一階へと降りていった。さきほど通された居間ではなく、また違う大きな客間らしい一室へ、ヴルスはかれらを案内していった。

（なんだか、外側から見て想像していたより、ずいぶんと奥行きのある城なんだね）

そっと、マリウスはグインにささやきかけた。

（それに、なんだか地理がよくわからなくて――ぼくはずいぶんそういうのには強いんだけれど、あんまりひっぱりまわされるせいか、全然城のようすがわからないや。――それに、この男もだし城主もだけど、なんともいいようのない――なんといったらいいんだろう、えらく古風な喋り方をするね！　それだけは、ちょっと不思議な感じがするよ）

「………」

ひそひそとささやくマリウスのことばに、グインは黙ってうなづいただけで、なんとも答えなかった。

ヴルスがかれらを「こちらでございます」と案内したのは、どちらかの突き当たりになっているらしい、かなり大きめの客間だった。それも驚くほど天井が高く、この室には巨大な古びた黄色がかった水晶をつらねたシャンデリアがつるされていた。だが、シャンデリアにあかりをともすのはおおごとだからなのだろう、それにはあかりはいれてなく、そのかわりに、壁にそってずらりとろうそく立てがいくつもとりつけられた燭台がいくつも並べられていた。壁には、またどこの誰とも知れぬ大昔の貴族や貴婦人の肖像画がずらりとかけられていた。その服装をみていると、グインの身につけているもののようなのや、マリウスの着ているようなの、またフロリーのは、一番手前にある一枚の若い姫君の肖像画がまとっているのとまさにまったく同じものだった——おそらくは、それを着てこの姫君が肖像画を描かせたのかと思わせる。フロリーはちょっとかるい身震いをした。その姫君は豪華な金髪を頭の両側でとめ、ゆたかな巻毛がオレンジ色のリボンでとめてその両側から肩から胸のほうにまでなだれおちていた。

「おお、着替えられましたね。——おお、どなたもたいへんよくお似合いだ。ことにグイン陛下、まことに見事にうちの先祖の衣裳がお似合いになる。——大きさもまさにぴたりだ。これをご用意できて、こんな嬉しいことはありませんよ」

コングラス伯爵はすでにその室の、中央におかれたとても巨大な食卓の一番奥の席についていた。伯爵も衣裳をあらためたようだった——深い紫色のびろうどの、きわめて豪華な長い、すそをひきずるような上着を着て、その下に金色の飾りのついた白い胴着をつけ、紫にしじゅうのある幅広のサッシュベルトをまいていた。上着のえりにはたくさんの勲章らしきものが飾り代わりのようにとめられていた。これは、それほど様式が古いようでもなかったが、そのかわり、いまの時代のどこの国の貴族の服装ともつかぬようなものだな、とマリウスはひそかに考えた。紫の上着は伯爵の色白の端正な顔立ちをよくひきたてていて、夜のような漆黒の髪の毛をうしろにきちんとまとめたところは、最初にマリウスが思っていたよりももう少し若いのかな、と思わせた——最初は、マリウスは、髪の毛こそ黒いけれどもかなりの老人なのかな、と考えたのである。だが、いま、それだけのおびただしいろうそくのゆらゆらするあかりのなかで、伯爵は、まだ壮年の堂々たる美丈夫のように見えていた。

「さ、おかけ下さい。何もございませんが、ささやかながら粗餐を差し上げたく存じます。——長い旅をしてこられて、さぞかしお腹がおすきでありましょう。私もお相伴させていただきます。量だけはたっぷりありますので、たくさんお召し上がり下さい」

「かたじけない。何から何までお世話にあいなる。いたみいります」

グインはうなるように挨拶をした。コングラス伯爵は笑った。

「とんでもない。この城に客人がお越し下さるなど、きわめてまれなことですので、城の住人一同、とても張り切って喜んでおります。——のちほど、城のものどもも御紹介いたしましょう。といったところでそのように大勢住んでいるというわけでもございませんが。このようなへんぴなところですのでね——執事と従者の者は先祖代々この家に仕えているものですが、あとのものはまあ、侍女が数人に下働きの下男がいく人かいる程度です。まあ、勝手気儘な暮らしですよ」

「それは、それは……」

「お食事がすんだら、また居間のほうで食後酒などをあがりながら、ぜひともお連れの吟遊詩人どののお歌をきかせていただきたいものです。それに、各国の情勢についてもいろいろとお話をうかがいたい。なにせこのような人里はなれた場所にひっそりと暮らしておりますので、まったく、いまやどこの国の王はどなたでどこの国がまだあって、どの国がほろびたのかなどということもわかりませぬ。むろん、豹頭の英雄がケイロニアの国王になられた、などというようなことはこのようなところにでも、知らせとして届いて参りますが――ごくごくたまに、従者や執事などが下界に出て、人里で食糧を仕入れたりしてまいりますので、そのときにほんのわずかばかりの情報を仕入れる程度なのですよ。じっさい、まったく浮世離れした暮らしと申さねばなりますまい。陛下にはご想像もつかぬことでありましょうが」

「いや、いや……」

グインは――さしものグインも、どう答えていいかよくわからぬようすだった。

そのとき、奥の扉があいて、大きなワゴンを執事が運んできた。そのワゴンの上では、なかなかに豪華な御馳走が湯気をたてていたのだった。

3

それを見たとたんに、旅の者たちは、自分たちがいかに空腹で、いかに疲れていて、いかにしばらくのあいだ、まともな食物をとっていなかったか、を思い出させられて、にわかにぐうぐうと腹の虫が鳴り出すのを覚えたのだった。ことに今日は、朝こそなんとか昨夜の残りものなどを口にしたけれども、出発したあとはもうひたすら追われるようにして先を急いでいて、わずかばかり休んだときにも食糧を調達してくるいとまはなかったし、もうとっくに携行してきた食糧などは底を突いていた。スーティにだけは、フロリーが隠し持っていたあめ玉をなめさせたり、ちょっとだけ焼き菓子を与えたりして、ひどい空腹にはさせぬようにつとめていたが、それももうまったくなくなっていたのだ。スーティの目も、運び込まれた御馳走を見るなり異様に輝いたが、そのあたりはフロリーにきびしくしつけられていたので、その幼さにもかかわらず、健気にもスーティはじっと我慢して、食べ物をみてもさわがなかった。

執事がうっそりと食物をそれぞれの皿に給仕してまわるのが、ひどくもどかしく感じられた——ワゴンの上には、ふんだんに、香料をきかせた焼き肉の切ったものだの、ガティ麦の団子をいれたシチューだの、鳥の足の焼いたものだの、それに木の実をいれて焼いたパンや具だくさんのスープや、何種類かの食物が並べられていた。それを、ワゴンをおしてゆっくりとヴルスが給仕してまわる。かれらは空腹のあまり目がまわりそうだった。

料理はいずれも焼いたり、煮込んだりしただけのものでごく簡素だったが、しかしうまそうで、どれもできたてだった。グインの皿の上にはヴルスは少量では間に合わぬと思ったのだろう。焼き肉を大量にどさりとのせ、その上に鳥の足を二本ものせた。そしてどっさりとパンのきれと団子入りのシチューを皿やボウルにとりわけた。フロリーはあわてて肉をことわり、遠慮がちに自分でパンとシチューとスープを選んで、同じものをスーティにもとってやった。マリウスは遠慮するつもりなど全然なかった。

伯爵のところには、ごくごく少量のスープとパンだけがサーブされた。伯爵は、私はもうすましておりましたので、と言い訳をしながら、手を叩いた。あの銀髪と赤い目の従者が音もなく入ってきた。その手には、おそろしく古いものらしい、蜘蛛の巣のからまりついた酒の瓶がうやうやしく捧げられていた。それを伯爵にわたすとまた従者は影のようにうしろにさがった。伯爵はそれをナプキンできれいにぬぐってから、馴れた手つきで、蜜ろうの封を切り取り、蓋をあけた。甘いかおりがたちこめた。

「わが城でかもしたはちみつと野ぶどうの酒です」

伯爵が説明をした。

「もう、百年以上もたっている酒なのですよ。これはおいておけばおくほど風味が増すのです。さあ、まず、陛下に――いや、その前に私が毒味をつかまつりましょう」

並べられていた美しい銀杯に伯爵は、深い赤紫色の酒を注いだ。そして気を付けてにおいをかぎ、ゆっくりとまわした上で味わってみせた。

「これはよい酒だ」

伯爵が重々しく云った。

「さあ、エルリス。皆様にお注ぎして」

従者はやはりひとことも口をきかぬままだった。そのまま、次々と客人たちの銀杯に美しい色の酒がつがれた。銀色に光る杯のなかに注がれると、その酒の赤紫はいちだんと美しくはえた。

「さあ、お待ち遠しかったことでしょう。夕餉をはじめましょう。この夜に、私どもをひきあわせてくださったヤーンの神のみ恵みに感謝を。そして、ここに与えられた一刻のために乾杯をいたしましょう。ようこそわが城へ。そしてコングラス伯爵の客となって下さったことに心からお礼を申し上げます。皆様が、この城で、幸せに、そしてここちよくくつろいでお過ごしになれますことを」

「かたじけない」

グインは自分がいったいどこでそのような古風な、その上に重々しい勿体ぶった言い回しを覚えてきたものかと内心ひそかにいぶかしみながら云った。べつだん考えるまでもなく、ことばのほうからなめらかに流れ出てきたのだ。

「ご城主の御親切とご厚情に神々が必ずあつくむくいて下されるように。そして、この惜しみなきご歓待とあついおもてなしに我々がいかばかり感謝のことばをつらねようとも、窮地を救って下されたことへの我々のまことの感謝の念はつくすことが出来ぬ。まずは、ご城主のご健康とつつがなき今後のご発展を祈って杯をあげさせていただこう」

「これはこれは身にあまるおことば。ケイロニアの豹頭王グイン陛下ともある英雄を窮地よりお助け出来るなど、世のつねの人間にはまったく望むべくもなき幸運かと。――それでは、皆様、杯をおあげ下さい」

一同のものは杯をあげた――スーティのところにもちゃんと小さな杯が用意されていたのだった。もっとも、そこに注がれた酒は水で薄めた上に、ごくごく少し、くちびるをしめすていどのものでしかなかったが。

「さあ、お干し下さい」

城主がうながした。マリウスは杯の酒を口に含んだとたんに、そのあまりの芳醇さと甘くここちよいかおりに悶絶しそうになった。そのままぐっと思わず杯を干すのを、城

主は注意深い目で見守り、すぐにヴルスにお代わりをつぎにゆかせた。

「さあ、召し上がってください。粗末な食事ではありますが、量だけはいくらもございます。もしも足りなければすぐにでも追加をもたせましょう」

「とんでもない。このようにふんだんなおもてなしの食卓にあずかろうとは、この辛い長旅で予想もつかなかった。感謝のことばとてもない」

グインはもったいぶって云った。そして、焼き肉の切れをさっそくに切りわけて口にいれた。伯爵はひどく興味深そうだった。

「おお、失礼ながら、その御様子をみるとまったくその豹頭でもものを食べるにも飲むにも、また話されるにも御不自由はおありにならぬご様子だ。——とあるからはまことの豹頭なのでしょうか？」

「さあ……俺もおのれの謎については、それをときたいとどれだけ願ってもかなえられぬままこれまできていることであってみれば」

「ごもっとも。——それはそうとそちらの吟遊詩人どのは、陛下の義兄弟であると申されたが……」

「ああ、一応、彼が俺の義理の兄、ということになる」

「義理の兄！　それはそれは」

いたく感じ入ったように伯爵は笑い声をたてた。その声は、天井の高いこの室のなかに、奇妙な反響をよんで響いていった。

「このように偉大な義理の弟を持たれるご感想は如何かな。吟遊詩人どの」

「それはもう」

マリウスは、もう夢中で食べ物を口に詰め込んでいたが、あわてて肉を飲み込むと答えた。

「こんな偉大な弟にふさわしくあらねばならぬと思うばかりですが、とうていそのようなことは無理なので、いつもぼくのほうが弟として甘えさせて貰っております」

「ご尤も、ご尤も」

ますます感じ入ったように伯爵は叫んだ。

「これほどの偉大な弟——しかも巨大な弟をもつことはまず、通常の人間にはありえぬ幸せでありましょうなあ。それにしても、突然の嵐でさぞかし難儀をされたと思うが、ご一同は、いずかたから、いずかたへの旅路の途中で？　もしもお差し支えなくば、でありますが」

「むろん、これほどのおもてなしにあずかるからは」

グインは答えた。

「我々はパロをさして下っている旅の途中。このフロリー母子をパロに送らんという計画でクムを横断しようとしていたところであったが、水路をとるが上策か、湖水ぞいに陸路をゆくかで意見がわかれていた。まだなかなかに先の長い旅、ここで一夜の宿りをたまわったのは、まことに天の助けというべきであろうかと」

「何もたいしたおもてなしは出来ませぬが」

伯爵は云った。そして、手づから、小さなデキャンターにわけてとってあったワインを自分の杯についだ。伯爵は先刻からグインが注意して見ていると、とりわけた食物をもまったく食べず、ひたすら酒ばかりを飲んでいるようであった。

グインは目立たぬようにしっかり食べていた。料理はいずれもおいしく、そしてべつだん何か仕掛けがあるようなようすにも思われなかった。フロリーもスーティでさえも、相当にがつがつと食べていた。本当に空腹で倒れてしまいそうだったのだ。マリウスはいうまでもなかった。

「ここからパロではまだずいぶんと長い道のりでございましょう。ケイロニアからおいでで？　ケイロニア王であられるからにはそうかと存じますが、ケイロニアからパロを目指すには、こちら側をおまわりになるというのはずいぶんと遠回りになるかと存じますが——これは、よけいな差し出口を申し上げましたかな。失礼いたしました」

「いろいろと事情のあってのことであれば、あまり詳細についてはお話もできぬが」

グインはおだやかにかわした。

「ご城主はずっとこの地に？　ならば、クム、モンゴールのいずかたからも、朝貢せよとか、あるいはなんらかの義務を——いずれかの国に属せよなどということをいってこられるということは？」

「幸い、ここは深い山のなかですので」

伯爵は前にいったようなことを繰り返した。

「人里もはなれておりますし、あまりひとにこの地のあることを知られてもおりませぬので、その苦役からはまぬかれております。だが、このところ多少このあたりも——このコングラス街道に入ってこちらはまだしも、ボルボロス街道あたりはかなり人の往来が激しくなって参りましてな。いずれは、この桃源郷もどこかの野蛮な軍隊に発見されて、このままではすまされぬことになってゆくのかもしれません。——もう、六百年の余もこのまま、この地でひっそりと暮らしているわれわれコングラス一族なのでございますが」

「そのそもそものご出自はどのような？　いや、いろいろと聞きほじって申し訳もないが、あまりにも不思議のお城であってみれば……」

「そのお疑いもごもっとも。——我々は、遠い昔にこの地にやってきたものです。遠い、遠い昔に。皆様の想像もつかぬほどの遠い昔に」

「……」

「といっても、おわかりはいただけますまい。——他のものたちはもっと人里近いあたりに降りてまいりましたが、我々の先祖だけがこのあたりの静けさと、そして平和とに惚れ込んでここをおのが居城といたしました。そして、それ以来六百年有余、コングラス城はひっそりとこの地でたたずんでいるばかりです」

「ウーム……」

それだけでは、何がわかるというわけでもなかった。

どことなく、まだあの奇妙な違和感はつきまとって消えなかった。室の奥の、伯爵のうしろの壁には巨大な暖炉が切られていて、そこであかあかと火があたたかく燃えていた。この室のなかにいれば、外がいま夜なのか、朝なのか、昼なのかさえわからぬままでいられてしまいそうだった。この室には窓はなかったし、分厚い壁が外の物音をもすっかりさえぎっていたのだ。ごうごうと火のもえ、パチパチとはぜる音だけがあたたかく響いていた。

そのあかりとろうそくのあかりが燃えさかってきたおかげで室のなかはこれまでよりずっと明るく見えるようになって来、そして並べられた銀器の輝きもいっそう美しかった。さしもの空腹だったものたちも、がつがつと食べたので、ようやくだいぶん落ち着いてきていた。そこを見計らったように、もう一度ヴルスがワゴンを運んできた。その上にはこんどは、たっぷりと果物や菓子類が盛られていた。こんどはフロリーとスーティが喜んでそれをたくさんとったが、マリウスも皿にいくつもそれらをとったことは人後に落ちなかった。

「これは珍しい。このあたりには見ない果物ではありませんか、伯爵」

マリウスが大きな黄色のわになしの皮をナイフでむいて口にいれながら叫んだ。

「これはかなり南方の果物でしょう。こんなものまでよく――それにねっとりとして、とてもよく熟れている。こんなおいしいのは、食べたことがない」

「お褒めにあずかって恐悦至極。これらの果物は、特別なルートで運ばれて参るのです。私どもはどちらかといえば、肉よりもこちらのほうを好んで食するものですからね」

伯爵は云った。そして、自分もそのわになしを一つとり、注意深くナイフで皮をむいて、その熟れた果肉を口に入れた。伯爵が食べ物を口にしたのを見たのは、それがはじめてだったことを、グインは見逃さなかった。

「こちらのこの桃色の果実もこれもなかなか珍しいものなのですよ。――これは人面果といって、キタイの奥地でだけとれるものなのだそうです。――わがコングラス城の奥には、魔道によってはぐくまれている温室がありまして、正直をいえばその中でこのわになしも人面果も育つのです。いや、むろん人面果といったからといって、不気味なことも、おぞましいこともございませんよ。それはキタイにまでゆかれたグイン陛下のほうがよくご存知だと思うが、これはただ、切り口がちょっとばかり、ひとの顔を連想させる、というだけの話なのです。切ってご覧にいれましょうか」

「いえ、とんでもない」

フロリーが悲鳴をあげた。

「ああ、不調法をいたしました。でもどうか、お許し下さい。そんな恐しいこと」

「恐しいですか？」

伯爵は笑った。

「お心優しい婦人だ。ではそのおことばに免じて、人面果のなかみをお目にかけるのは次の機会ということにいたしましょう。もう、皆様、お食事は堪能されましたか？」

もう、みな、これ以上何も入らぬほどに詰め込んでいた。何かと落ち着かぬ、どことなく違和感がひそかに漂っているままの食事ではあったが、空腹が満たされ、あたたかい火がもえ、その上ここちよくうまい酒がまわってきた、となってくると、マリウスもフロリーもスーティも機嫌がよくなってきて、あまり細かなことは気にしないようになりはじめていた。伯爵はそれを見てとると、果実と焼き菓子のワゴンを「居間に運ぶように」とヴルスに命じた。

「そちらで食後酒を差し上げましょう。これまた、素晴しい、野ぶどうの風味のこってりとした火酒があるのです。御婦人でもお子さんでも、それを少しづつなめながら菓子などを召し上がっているととても幸せな気持になりますよ。そして、ぐっすりとおやすみになれる。その酒には嗜眠効果がありますのでね。——もう、おやすみになりたいときにいつでもなれるよう、寝台は人数分ご用意させてありますから、おやすみになる前に、その酒をあがるとよろしい。――別々になるのはおいやのようでしたので、ちょっと窮屈ですが、ひとつの室に、三つ寝台を入れました。お母様と息子さんはひとつの寝台でよろしいでしょうね？」

「これは、かたじけない。だが、我々は――せっかくのおもてなしにあずかって、その上泊めてまでいただくとあっては、あまりにもあつかましい。もうそろそろ――それに馬のほうも雨中においておくのは気になるゆえ……」

「雨はますます酷くなっているようですよ。陛下」

伯爵がおだやかに云った。

「それにお馬車の馬たちのほうはもう、とっくに、うちのうまやに入れてからだを拭いてやり、かいばも与えておきました。だいぶん疲れて、それに蹄鉄もかなり痛んでいましたので、あれはそろそろもう休ませるか、違う馬をお探しになったほうがいいかもしれませんな。――あまりたちのいい馬ではないようで、かなりあちこち痛めているようです」

「ウム……」

まさかにボルボロスの砦のゴーラ軍から強奪したものだとも云いかねて、グインは黙り込んだ。

伯爵にすすめられて、かれらは夕餉の席をたち、最初に通された居間へまた戻っていった。そこにももう暖炉の火があかあかと燃えていたので、さきに通ったときよりはよほど居間も明るく、暖められていた。銀髪の従者が、かなり大きな箱を台車にのせて運んできた。それを見るなりこんどはマリウスのほうが血相をかえた。その箱のなかには、立派なキタラや、キタラを少し細くしたようなキタロンや、たてごとのリュート、そしていろいろな種類の笛まであったのだ。

「わあッ」

マリウスはそれを見た瞬間に、これまでずっとつきまとっていた微妙な違和感や不安感さえもきれいさっぱり忘れてしまったようだった。

「これは——これはすごくいいキタラだ。うわッ——こっちのリュートは、すごい、本物の鹿の角で作ってある。おおッ、このキタラの象嵌は素晴しい。伯爵、これはものすごくいい楽器ですね！」

「そう、これはわが先祖たちが代々集めていたもので、非常に由緒ある品です」

伯爵がうなづいた。

「さ、ぜひともお手にとって、そして演奏を聴かせて下さい。我々はいつも娯楽に飢えておるのです——ぜひにも美しい音楽と歌声とを聴かせていただきたい。吟遊詩人がこの城までやってくることなど、めったにございませんのでね」

「ああ、ぜひとも。ではこのキタラをお借りします——ああ、なんてきれいな曲線なんだろう。わあ、素晴しい抱きごこちだ。それに——ああ、すごくきちんと手入れがゆきとどいている。絃も少しもゆるんでいない。これはすごくいい楽器だなあ」

手放しで嬉しそうなマリウスをみて、スーティもフロリーも嬉しそうであった。フロリーはスーティを膝の上に抱いて座らせ、グインの左側にぴったりとよりそうようにして低めの椅子に腰かけていた。

「すみませんが、この城の他のものたちにも、歌を聞かせてやってもかまいますまいか」

伯爵が云った。

「かれらもみな、長い長い永劫の孤独に退屈しているのです。ぜひとも、聞かせてやっていただきたい」

「いいですとも。どれだけでも、お呼び下さい。御希望があればおこたえしますし——出来るものだったらですけれどもね」

マリウスは膝に大切そうにキタラをかかえ、しなやかな指でかきならしてみた。それは確かにとても美しい楽器だった——全体に象牙色の胴が張られていて、絃の下の部分は丸く黒檀が張られていた。その両側に、とても美しいこみいった幻獣の象嵌があった。糸ねじのところもきれいな黒檀に金の飾りをかぶせてあり、先端にはさらに美しい不死鳥の柄が彫刻されていた。マリウスはうっとりとそのキタラをなでさすった。

「こんなきれいなキタラ、見たことがない。それになんていい音がするんだろう。——昔はこんな素晴しい楽器がよく作られていたというけれど、いまの職人じゃあもう全然作れないときいたことがあるけれども、これはきっとさぞかし古いものなんでしょうね？」

「とても古いものなんですよ。とても」

伯爵が云った。そして手を叩いた。

手前の扉の横の小さな扉がそっとあいて、あの銀髪の従者のエルリスに先導されて、何人かの侍女たちが影のように入ってきた。彼女たちはいずれもほっそりして小さく、まるでそのように鋳型にぬいてそろえたかのように見えた。なんとなく蝶々みたいにひらひらしてすきとおりそうな感じで、大勢の人間がいちどきに室に入ってきたはずなのに、ちっともそういう重量感がなかった。かれらはみな、水色に、襟元と袖口が真っ白なお仕着せのドレスを着て、髪の毛もきちんとまとめ、その上から同色の腰元帽をかぶっていた。大きな白い胸あてつきの前掛けをつけ、いずれも若くてひっそりとしていた。なんとなく、五、六人いたのだが、どれもよく似ているように見えた。彼女たちは、エルリスのうしろに、それぞれに丸椅子をひきよせて座り、壁際に並んで、じっと音楽のはじまるのを待っていたが、丁寧に頭をさげただけで、ひそとも声をたてなかった。

（まるで、影みたいな女の子たちだな……）

マリウスは思ったが、キタラにすっかり夢中になっていたのでその上特に気に留めることもなく、キタラの調絃をおえた。

「それじゃ、失礼して——お夕食後のおくつろぎに、何曲か聞いていただきましょう。……その前にまず御挨拶を。僕はマリウス、旅から旅の吟遊詩人の身の上です。いつもこのようなときには、最初に自分の一番好きな曲を聴いていただくことにしておりますので、今宵もまずは、自己紹介がわりに、ぼくの一番気に入っている古い歌を——『くさひばりの唄』というのを聞いて下さい」

マリウスがもう一度キタラを抱え直し、さっとかるく調絃を確かめて、たくみにしなやかな指を動かして前奏を弾き始めると、ただちに、美しい和絃のひびきが、あたたかく火の燃えている室内に満ちた。

フロリーとスーティはマリウスの歌声が大好きだったので、すぐにうっとりしたようすで目をとじて聞き入った。いつのまにかあの大男のヴルスが影のようにすべりこんできて、壁際の大きな椅子にかけて、これまたじっと目をとじて聞き入りはじめる。伯爵は、とてもかたちの美しい鳥の羽根のようなかたちのとってのついた古そうな銀製の酒入れから、銀杯にとろりとした黄金色の酒を注ぎ、それをゆっくりと少しづつ味わいながら、満足そうに足台つきの大きなひじかけ椅子にかけて音楽を待っていた。銀髪のエルリスとどれも同じようにみえる女の子たちは、まるで人形つかいの人形たちのようにじっとしていた。

美しい和絃の響きについで、マリウスの深みのあるやわらかな声が室内いっぱいに響き渡った。マリウスが歌いはじめたときには、どこでもそうなるように、すでにそこはもう、マリウスの独壇場であった。マリウスの声はよくのびて、そして天性の美しさと表現力とで、きくものを魅了した。マリウスが一曲歌い終わると、伯爵は杯をおき、両手を打ち合わせて大きな拍手をはじめた。エルリスとヴルスと、それに侍女たちもそれにならったし、グインも、フロリーとスーティも手を打ち合わせた。

「素晴しい」

伯爵が叫んだ。

「私もずいぶん生きてきたが、これほどに美しい歌声の小鳥を見つけたのははじめてだ。さあ、早くもう一曲唄って下さい——これは素晴しい聞き物だ。これは素晴しい——こんな楽しい宵になるとは夢にも思わなかった。私は実に幸せ者だ——天下の英雄ケイロニアのグイン王をわが城にお迎え出来たうえに、これほどのカルラアの天使の歌声を聞けるとは。どんどん歌って下さい。それにそのキタラがなんと素晴しい音を出すことか。楽器と弾き手とが互いに恋をしあっているように思える。素晴しい一夜になりそうですね。これはこれはだ」

4

それはまさに、伯爵のいうとおり素晴しい——というよりは、世にも不思議な神秘的な一夜であったといえた。

マリウスは大絶賛に気をよくして——とはいえ、かれはいつもつねに、その絶賛こそ自分にとって唯一の正当な評価である、とは信じてやまなかったのであるが、求められるままに古い歌、新しい歌、自分で作った歌、テンポのいい軽快で明るい歌、思いをこめて歌う優しくゆったりとした歌、悲しく感傷的な美しい歌、楽しい歌、こっけいな歌、など得意の曲を歌い、弾きまくった。いくら弾いてもまったくマリウスは疲れを覚えることはなかったし、歌のほうはなおさらであった——歌い、キタラをひき、そして人々に喝采されるくらい、マリウスにとって、その本性にあったことはなかったし、その上に、空腹は満たされ、うまい酒も適度にまわっていたし、室内はあたたかくて気持がよかった。その上に、これほどに熱意にみちた聞き手を得られることはさしものマリウスといえども、そうそうはなかった——確かに伯爵もまたその従者のものたちも、長いあいだ、退屈して娯楽に飢えていたのに違いない。かれらほど熱心でよい聞き手というのはそうあるものではなかった——何も反応のないようにずっとぶきみに見えていた銀髪のエルリスや、影のようにしか見えなかった娘たちも、マリウスが歌いすすむに連れてみるからに楽しそうになり、知っている歌があると一緒に歌ったり手拍子を打ったりして、存分に楽しんでいた。

その上に、マリウスは、長いあいだ、自分のキタラと泣き別れの状態であった。もともとは、長年愛用の楽器がむろんあったし、それを持ってグイン捜索のための遠征に加わって、その楽器にさんざん活躍してもらってもいたのだが、そのキタラはグインとめぐりあう折りに見失ってしまっていた。おそらくもし、誰かが持っていてくれるとしたら、まだケイロニアのグイン王探索の遠征隊の荷物のなかにあるのかもしれなかったが、どちらにせよそこにとりにゆくわけにもゆかぬ。

そのあと、マリウスが《商売》をしたささやかな村で、使いふるしの古い安物のキタラを手にいれたのだが、それはあまりいい音も出なかった上に、フロリー母子がボルボロスからの追跡者たちに拉致されようとしたとき、それを阻止しようとして、さんざんに乱暴されたマリウスと一緒に、そのキタラもめちゃめちゃに壊されてしまっていた。それで、それからの逃避行をずっとキタラなしですごさねばならず、マリウスはずっと淋しくて淋しくてしかたがなかったのだ。

生まれてこのかたキタラと一緒だった、と思うくらいに、悲しいにつけ嬉しいにつけ、キタラで思いのたけを歌い上げてきたマリウスにとっては、手元にこの楽器がない、というのはとうてい耐えられぬことであった。前の古いキタラが壊されてしまってから、まだ何日もたってはいなかったのだが、それでもマリウスは非常な飢えと禁断症状を感じていた――その上に、ここで手にすることのできたキタラは、これまでマリウスが持ったどんなキタラよりも素晴しい名器であった。

それで、マリウスは有頂天になって、どうせいずれはこの素晴しいキタラも返さなくてはならないのだ、と思うにつけ、少しでも余分に触っていたくて、一心不乱にかなでた――また、たしかにそれは素晴しい名器であったので、マリウスの長年旅で鍛えぬいたみごとな技倆とあいまって、それは確かにそれだけしか観客のいないのが惜しまれるような――サイロンのカルラア劇場だの、北クリスタルの有名な、世界一の劇場とされているクリスタル劇場、またカルラア神殿でこそふさわしいような演奏であり、歌だったのである。

やんやの喝采をうけるごとにマリウスは楽しそうになり、その目はきらきらと輝き、その声は澄んでひびきわたり、その指先はしなやかに絃の上を舞った。うっとりと目をとじてききいり、ときに目を開いてうっとりと自分を見つめている小さなフロリーの崇拝にみちたまなざしも、マリウスをここちよく酔わせた。スーティもまことに音楽好きであるらしく、ちっとも眠そうでも退屈そうでもなく、いかにも楽しそうに、楽しい曲のときには母の膝の上でぴょんぴょんとびはね、悲しい曲のときには母の胸にすがりつき、美しい曲のときにはうっとりとして、ずっといい子に聞き入っていた。明らかに、ひどい音痴だったその親父よりは息子のほうが音楽がわかるみたいだ、とひそかにマリウスは悪意をもって考えたのだった。

だが、それほど楽しいカルラアの饗宴にも、ついに、終わりをつげるときがきた。さすがに、夜がどんどんふけてきて、スーティも目がくっつきそうになってきたし、それでもなお、自分だけ寝てしまうのはいやらしく、懸命に目をこすりこすりきいていた。だが、さすがに皆にも疲れの色が濃くなってきたのをみて、グインから口を出した。

「伯爵。どうやら子供がかなり疲れてきたようすだ。そろそろ、皆のものを休ませてやりたいと思うのだが如何」

「おお、これは気が付きませんで」

伯爵はあわてたように云った。そして、急いで合図して、ヴルスに、客人に熱い甘い香草の茶を持ってくるように言いつけた。

「ついつい、あまりに素晴しい歌声に聞き惚れてしまい、どのような楽しみにも終わる時のあることさえ忘れておりました。さぞかしカルラアの生まれかわりのごとき楽人もお疲れでありましょう。——いや、素晴しい一夜を過ごさせていただきました。……これほど楽しかったことはひさかたぶり、本当に何百年ぶりといっていいくらいです。いや、まことに私が何百年生きているというわけではありませんがね。それほどに楽しかった、と申し上げたいだけで——おお、伶人どの、これほどの素晴しい音楽を楽しませていただいたお礼に何を支払ってよいかもわからぬ。もしよろしければ、せめてものお礼に、そのキタラをおとり下さいませんか」

「ええッ」

マリウスは文字通り、はなすものかとキタラをすでに抱きしめていたが、思わず飛び上がった。

「ほ、本当ですか」

「この城にはキタラの弾き手とておりませぬし」

伯爵はおだやかに微笑んだ。

「それにこの城にはまだいくらも楽器はありますが、これほどの素晴しい弾き手にめぐりあうことはもうはや二度とはありますまい。——このキタラも、そこもとほどの弾き手に弾かれれば幸せというもの、もはや二度と私ごときつまらぬ凡手につまびかれたいとは願いますまい。——このキタラの幸せのためにも、どうかこのキタラを同道してやっていただきたい。もっともこのキタラで、その素晴しい歌声をいつまでも私のためにきかせて下されば、私どもとしては、これにまさる幸せはございませぬが——ははははは」

「本当ですか。これ、ぼくがいただいていいんですか」

マリウスはせきこんで叫んだ。そして、夢中になって伯爵の前にひざまづいた。

「一生恩にきます。このキタラを弾くたびにコングラス伯爵さまのことを思い出して、必ず一曲伯爵に捧げることにします。ああ、嬉しい。嬉しい、嬉しい。こんな素晴しいキタラにめぐりあえるなんて——それがぼくのものになるなんて。なんて幸運なんだろう。この城に入ってくるのをいやだといった自分を百回も殴りつけたいような気分です。ああ、なんて素晴しい贈り物なんだろう。これほどのキタラにはもう二度と会えないだろうし——ああ、嬉しくて、はちきれてしまいそうです。有難うございます——有難うございます！」

「それほどに喜んでいただければ、われわれもまた嬉しく思いますよ。マリウスどの」

伯爵は神秘的な微笑みをうかべた。

「それではもしよろしければ、そのキタラとのお名残までに、また何回か歌って、演奏していただければと思いますが——しかしまずは、何はともあれお休みになりませんとね。グイン陛下もああおっしゃっていますし、小さなお子さんももうほとんど目がくっついてしまいそうだ。——いつのまにかもうすっかり夜更けになっていたのですね。心づかず、まことに考えの浅いことでありました。さ、ヴルス、皆様を寝室にご案内するのだ」

「素晴しい一夜と——素晴しい夕食と、そして素晴しい贈り物を、本当に有難うございます、コングラス伯爵」

マリウスはもうすっかり警戒をといて、ひたすらくりかえして礼をのべた。フロリーもそのなりゆきをきいて満面をほころばせていた。スーティはその膝で、もうすっかりなかば眠ってしまっていた。

「今夜は、ことにここは深い山のなかゆえ冷え込むようですから、お部屋にも暖炉を燃しつけさせました。——ごゆるりとお休み下さい。よろしければずっと」

ふっとあやしく微笑んで伯爵が云ったとき、あのあやしく奇妙なまどいがまた戻ってきたようだった——だが、もう、それは有頂天になっているマリウスと、フロリーたちには気づかれなかった。

グインもかさねて厚遇の礼をいい、かれらはまたヴルスに案内されて長い廊下を、またしても別の室に向かった。廊下に出て歩きはじめると、ごうごうと鳴る風の音と、降りしきる雨の音が耳に遠く入ってきて、まだそれではあの激しい嵐はやんでいないのだとかれらに知らせた。

マリウスはずっとキタラを抱きしめたまま、長い廊下を歩いてゆくあいだも頬を嬉しさに火照らせていた。もう、薄暗い廊下の遠さも、あたりの様子のそこはかとない不気味さも、この城の住人のなんとはなく普通ではない様子なども、一切胸に抱きしめたキタラのおかげで気にもならなくなってしまった、というようすだった。もうスーティはすっかり眠り込んでしまっていたので、グインはフロリーにかわってスーティを両腕にそっとかかえてやっていた。スーティのちいさなからだなど、グインにとってはなにほどの重みもない。そのぬくもりを両腕に抱きかかえたまま、グインはなおもさりげなく油断のない目を左右に配りながらヴルスに案内されていった。

「こちらに、ご寝所をご用意いたしました」

ヴルスが機械のように無感動な、あの特有の奇妙なにぶい声で云って、そして燭台をかかげて足元を照らしてくれた。かれらは、かなり広い、二部屋続きの室に入っていった。二部屋のまんなかに大きな扉が隣の室との通路になっていたが、その扉はあけはなたれており、そして手前に大きな寝台がひとつ、奥の室にやや小さいのが二つおいてあった。どれももうすぐに使えるように上掛けが折りかえしてあり、清潔で、きれいな掛け布がかかっていた。それぞれの寝台のかたわらには小さなサイドテーブルが置かれていて、その上には夜飲むためにだろう、きれいな盆の上にそれぞれ水さしと杯も置かれ、いかにもいたれりつくせりであった。

それはまた、さきほど着替えをと通された室とは違う室であった。もういったいどこをどう通って、どの室にどのように通されたのかも、かれらにはわからなくなってしまいつつあったが、どの室もまた同じように広く、天井が高く、そして豪華で古ぼけた作りであったので、あまり大差もなかったのだ。ただ、それぞれに置かれている調度や、壁の肖像画などは少しづつ違っていたが、それも、きわだって目をひくほどに意匠が違っているわけでもなかった。それにとにかく、広くて暗い廊下があちこちにむかって伸びているので、いったん外に出てしまったら、どうやってこの室を見つけだしていいのか、わからなくなりそうだった。

「お手水場《ちょうずば》はそちらの奥のお部屋の奥の小さな扉をあけた奥にございます」

奇妙な言い方でヴルスが云った。そして、燭台を大きな寝台のサイドテーブルの上においた。この二つの室は壁にほんの小さな燭台にろうそくがともされているだけで、とても暗かった。

「では、どうぞごゆっくりお休み下さいませ」

ヴルスが丁寧にいうと、ばか丁寧に頭をさげ、そして出ていって、扉をしめた。手にもっていた燭台はテーブルの上においたままであった。ヴルスが出てゆくと、いっそうあたりに暗さが立ちこめたような感じがあった。ざあ――とどこか外から雨の降りしきる音が遠く響いてくる。

「この構成だと……グインがこの大きな寝台に、あっちの部屋でぼくの寝台がひとつ、それにもうひとつの寝台でフロリーとスーティにいっしょにやすめということだね」

マリウスがまだキタラをなで回しながら云う。

「グインが気にするといけないからあいだの扉はあけておけばいいね。本当はフロリーとスーティをこっちの大きな寝台に寝かせてやって、あちらのふたつをぼくとグインが使う、というのが、あちらさまの考えだったのかもしれないけど……でもね」

「むろん奥にも、また別の通路に通じる扉はあるのかもしれぬが、いまきたかぎりでは、こちらの寝台ひとつの室のほうが手前にあるようだ」

グインはあちこちそっとさりげなく調べてまわりながら云った。

「こちらの室にフロリーとスーティを寝かせるとすると、もし廊下から誰かがそっと入ってきて二人を連れ去ったりしようと思っても、あいだの扉をしめてぐっすり寝込んでしまっていれば我々にはそのこともわからぬ、ということになりかねぬ。いまお前のいったとおり、こちらの手前側の寝台に俺が一人でやすむほうが、護衛をかねて用心がいいだろう。――フロリー、マリウスと同室するのは気になるか？　スーティも一緒だし、あいだの扉はしめずにおくが。着替えのときなどはむろんマリウスがこちらに来ておればよい」

「いいえ、もう、御心配なく」

フロリーは案外に実際的なところをみせてにっこりした。

「このような場合でございますから、わたくしも四の五のと、エチケットがどうの、はじらいがどうのなどと申してはおられません。そのことはよくわかっておりますし、それに、わたくし——もとの服に着替えてもよろしいでしょうか。そこに持ってきていただいているようでございますから——なんだか、このお服は落ち着かなくって。汚くてもかまいませんからいつもの自分の服に戻ってやすもうと思います」

「そのほうが用心もよいだろうな。おお、いまの間にすっかりきれいにしてかわかしてもらってある。これも魔道かもしれんが、だとするとなかなかに魔道も便利なものだ」

グインは笑った。グインたちが上の室で脱いだものは、みないつのまにかきれいに洗って乾かして、畳んできれいに積み重ねてそこの寝台の足元の脱衣籠のなかにおいてあったのだ。

グインはそっと、奥の室に入っていって、手前の寝台にスーティを寝かせた。スーティはもう、長い長い一日に疲れきっていたのだろう。ぐっすりと寝入っていて、グインがそうして下ろしても、まったく目をさましもしなかった。

「すこやかに、よく眠っている」

グインはつぶやいた。

「フロリー、奥の寝台をマリウスに譲り、俺の寝台との真ん中にはさまれて眠るがいい。そのほうがいくらかは用心がいいだろう。とはいえもう、それほど城主たちのもてなしに下心があるとなおかんぐっているというわけでもないが、といって疑いを何もかもといたというわけでもない。まあ、用心にこしたことはない——明日の朝になって、嵐がやめば、もっといろいろなことがはっきりするだろう」

「とりあえず、確かになったのは、もしかしたらあやかしかもしれなかろうと、なんだろうと、あの城主が親切で音楽がとても好きな人だ、ということだよ！」

マリウスは嬉しそうに笑った。

「それだけでも、ぼくは、あのひとはいいひとなんだと思うな。そのう——いいあやかし、かもしれないけどね！——それにしても、あの執事の喋り方は変だね」

「執事だけではない。城主そのものも、なんといったらいいのか——俺の着ている服装と同じほどに大昔のものではないか、というような喋り方をときたまするようだ」

グインはかすかに笑った。

「だがまあ、それがかれらの一番不思議なところだ、というわけでもない。——俺にとってはもっとも不思議だったのはあのエルリスという銀髪の従者と、そしてあの、まるで五つ子みたいに見えた侍女たちだった。あれはなかなか妙だったが」

「あの従者は、もしかすると、人間じゃないものが、魔道でひとのすがたにされているんじゃないか、というような気持を起こさせるなあ！」

マリウスは云った。そして、しばらく考えたが、いま着ていたものをぬいで、脱衣籠においてあった自分の服に着替えた。フロリーも自分の服をもっていって、ついたてのうしろで着替えて出てきたし、グインもそうした。やはりその大仰であまりに昔ふうの衣類は、かれらをもうひとつ落ち着かせなかったのだ。

「さて、ではやすむことだ。このさいあれこれ考えたところで仕方がない。俺もやすむ」

「そうだ。ついつい忘れてたけど、リギアはいったいどうしたんだろう!」

マリウスが声をひそめた。

「あの道はどう考えても一本道だったよ。このコングラス街道に入ったからには、リギアだって、ぼくたちよりもずっと先にこの城に到着していなくてはおかしいんだ。だけど、まったくあの城主もほかのものたちも、リギアのことなんか、おくびにも出す気配はなかった。もしかして、リギアはこの城に招かれなかったということなのかな。それとも」

「それについても、いずれ否応なしにわかるだろうさ」

奇妙なことをグインは云った。そして、さきに、借りた衣類を律儀に畳むと脱衣籠のなかにおき、自分のマントを布団の上掛けの上にひろげてすぐとれるようにし、剣は抱いたまま手前の室の大きな寝台のなかにもぐりこんだ。

「これは、いたれりつくせりだ。湯たんぽまでも入れてくれてある」

グインは感心したように云った。そして、ヴルスがおいていった燭台のろうそくをふっと吹き消した。

「枕には気持のよい香草がたくさん入れてあるようだし、布団も気持よくかわいている。それほど人手があるようにも見えなんだが、ずいぶんよく面倒をみてくれるものだな。それが魔道のおかげだというのなら、魔道に文句をいう筋合いはひとつもないといってもよいな」

「ああ、本当だ、枕も布団もいいにおいだ。――それにしても、なんて、気持がいいんだろう！　長いあいだ、ずっと考えてみたら草まくら、石まくらしかなかったんだねえ。パロを出て、グインの探索隊に加わってからこっち、ずーっとぼくは旅をし続けで――馴れっこではあるけれど、こうやってひさびさにのびのびと布団に足を踏み伸ばしてみると、こんな気持のいいことがこの世の中にあったのかと思うよ。極楽、極楽」

フロリーも自分の衣類に着替えてほっとしたようであった。そして、破れた靴を寝台の下にそろえてそっとスーティの横に入った。

「やれやれ、本当の寝台にちゃんとした枕と布団で寝るのはなんともいいものだね！いや、フロリーの小屋でだって、そうさせてもらったけれど」

「うちの布団はわたくしが作ったものですから、ちっとも暖かくなくて……申し訳ございません」

「そんなことといってないって。あれは最高にすてきな夜だったけど――でも、今夜は今夜でぼくは――少なくともぼくはとっても楽しかったな！　みんなぼくの歌をとても喜んでくれたみたいだったし、もちろん君もね、フロリー」

「ええ、それはもう。素晴らしかったですし、スーティもとてもとても喜んでうかがっておりました」

「それはもう、ぼくの歌をきけば誰だってそうなるんだ」

自信を持ってマリウスは断言した。

「だってぼくはカルラアから、そのための力を与えられた人間なんだから。――それはなにもぼくの手柄じゃない。カルラアのおかげなんだ。でも、とにかくぼくはそのおかげで素晴しいキタラを手にいれたし、一夜の宿に対してぼくの出来るかぎりのお礼をすることも出来た。まあ、いろいろあったにせよ、けっこう満足だね、ぼくは。それにとにかく嵐のなかでふるえながら馬車の中で窮屈な思いをして、座ったまま仮眠をとるより、このほうがずっと楽で、気が利いているよ、それはそうだろう？」

「ええ、本当に……でもわたくし、正直いうと、あのご城主様がほんのちょっと、ずっと怖くって……」

「そりゃまあ、何もわからないんだし、なかなかえたいが知れないからね！　でもまあいいや。とにかく眠ろうよ。明日になればまたきっと嵐も止んで、そうしたらリギアの行方もわかるだろう。とりあえずぼくは目がくっつきそうだ――お腹もいっぱいだし、からだもかわいてあたたかいし——君がスーティを抱いているようにぼくは大事なキタラを抱きしめているし……ああ、なんて気持がいいんだろうね。布団はかわいていていいにおいがするし……あかりを消すよ、フロリー」

「ああ、はい。お休みなさいまし」

「お休みなさい」

マリウスはお行儀よくいった。そしてこれもふっとあかりを吹き消した。フロリーはそっとちいさな手をあわせて、ミロクへの就寝の祈りをとなえていたが、それからやはりろうそくのあかりを消した。奥の室内は暗くなった。

ほかにはまったく窓もない——あるいはあっても分厚いカーテンでとざされているだけに、ろうそくが消えたあとの暗さは圧倒的だった。グインはややためらっていたが、やがて肩をすくめて、残っていたさいごのあかり——自分の寝台のかたわらのサイドテーブルにおいてあったさいごのろうそくを吹き消した。たちまち、ふっと世界は真の暗闇に包まれた。もう、鼻をつままれてもわからないほどの重たい闇が、あたりにおりてきた。ざあ——とまた、どこかから雨音が伝わってくる。だがもう、雷鳴も、風の音も一切きこえなかったし、雨音もよほど下火にはなっているようには感じられたが。

「なんて、暗いんだろう」

マリウスが低い声でぶつぶついうのが闇のなかから聞こえてきた。

「これじゃ、夜中にかわやにゆくとき、いろんなものをふんづけてしまいそうだ。——さっき、あの執事はなんだか変な言い方をしていたね。お手水場、だっけ？　あんな言い方をするやつ、いまの世の中にいやしない。大昔の宮廷女みたいなことばだ。——あんな大男がいうからよけいおかしな感じがする。——ああ、それにしても疲れたな、グイン！　お休み。よく寝られるように！」

「ああ」

グインはうっそりといらえをかえした。ふたつの室のあいだの扉はあけたままだった。だが、どこが室のさかいめかもわからぬほど、ぬば玉の闇は深く重かった。

いつしかに、闇のなかから、すこやかないくつかの寝息が響きはじめていた。

第三話　コングラスの伝説

1

しんしんと、あやしく暗い古城の夜は更けていった。

あちこちにおぼつかなげに灯されていたろうそくのあかりも消え、あたりはすっかり真の暗闇に包まれていた。おそろしいほどに重たい、物理的な重みがあるのではないかと疑われるほどの静寂と沈黙と暗黒とが、コングラス城とよばれるこのふしぎな古城全体を覆い尽くしているようだった。

もう、雨はやんでいた——どこかで、夜泣き鳥が静かに啜り泣くようなあの特有の物悲しい声をあげていた。それはむろん、古城の中深く、たれこめて眠っているものたちには見るすべとてもなかったが、もしも城の外から見たらば、その古風で時に忘れ果てられたかのようなシルエットの古城を包み込むようにして、ぼやっと白いかさのかかった青白い月が中天にのぼっているのを見ることも出来たであろう。

その城は断崖絶壁の上にひっそりと忘れ去られたようにたたずんでいた——そして、その下に、はるか遠く、きらきらとおぼろげに光っているのはカムイ湖の湖水であった。

雨はあがったけれどもまだもやもやとあたりには嵐の名残が漂っているようだった。そしてコングラス城と呼ばれる城もまた、全体が何か奇妙なもやもやとした瘴気とも、妖気ともつかぬものに包まれていた。

(俺は……)

グインは、眠られぬままに、じっと考えに沈んでいた。

あるいは、いつのまにか、知らぬあいだにとろとろとしていたくらいのことはあったかもしれぬ。だが、もうすでにフロリーの寝台からはスーティのとフロリーのと、ふたつのすこやかな寝息がきこえ、マリウスの寝台からも寝息が聞こえてひさしい時間になっても、グインはなおも暗がりにじっと目を見開いていた。

(この城は……そして、あの——この城の住人たちは……)

(むろん、通常の人間たちではない。そのようなことは——そのくらいのことはひと目でわかる。かれらがなみの、あたりまえの人間であるくらいなら——この俺の頭だって、まったくあたりまえの人間の頭でしかないに違いない。そのくらい——かれらは通常の人間とはかけはなれて見える……)

(というよりも、通常の人間を装っている、奇妙な——そうだな、獣があまりに長く生きるといつしかに霊力を得て化身するようになる、というようなことを、以前なにかでマリウスが云っていたことがあったと思うが――そのようなことを考えさせられるような……むろん、皆が、というわけではないが――少なくともあの従者や執事は……)

(あの城主――あれはまた別ものだ……あれはあれでまた何か底知れぬ謎を秘めているように、この俺には思われた。そして……)

だが――

いつしかに、グインもまた、知らず知らず、とろとろと寝入っていたのに違いない。

はっと気が付いてあたりを見回したとき、あたりの空気は、一変していた。

(これは――)

グインは、寝台に身をよこたえたまま、まだいきなり起きあがろうとはせずに、じっと、五感をあらんかぎり周囲にむかってのばして、あたりのようすをさぐろうとした。

何かがおかしかった――何がどう、とはっきり口に出してはいえなかったが、何かが明らかに変わってしまっていた。そして、それは奇妙な不安なおののきを誘う変化であった。

(………)

グインはいったん目をとじて、目をとじることでかえってとぎすまされるかに思われる他の感覚であたりの空気を感じ取ろうとつとめた。それから、そっと目を見開き、静かに剣を引き寄せた。

　それからグインは、変化のひとつのきざしに気が付いた——さっきまで、すこやかに聞こえていた、三つの寝息はひとつも聞こえなくなっていた。

　グインはそっと上掛けをはねのけた。どちらにせよマント以外の衣類は全部身につけ、サンダルまではいたまま横たわっていたのだ。剣をつかみ、そっと身をおこす——なんとはなく、まるで、からだの上にひどく重たい水がのしかかってでもいるかのような——水底に寝ていたか、それとも目にみえぬ、だが重量感のある巨大な生物がずっしりと上にのりかかっていたか、とでもいったような抵抗感があった。グインはそれを押しのけるようにして起きあがると、寝台から降りた。

　手さぐりで寝台のかたわらのサイドテーブルから、ろうそくをつかみとると、グインは寝る前にそこにあるのを見ておいた火打ち石を手さぐりで探した。寝台に座り、ろうそくを膝のあいだにはさみ、火打ち石を何回か打ち付けると、すばやくろうそくに火を移す。ろうそくがぼうっと燃え上がると、あたりの深い、まるでこの世から光というものがすべてなくなってしまったのかと思われるほど深く重たい闇を押しのけるようにして、健気な小さな光の領分が出来た。

　グインはそのろうそくの炎を手でかばいながら、そっと立ち上がった。そして、そっとあたりにかざして様子を見ようとした。

特に何かが変わった、という気配は感じられなかった。だが、奇妙な胸騒ぎはおさまるどころか、どんどんひどくなるばかりだった。グインはろうそくをかざして見、そしてその胸騒ぎの由来を発見した――

「フロリー」

低く声をかけてみたが、いらえはなく、また、寝台から、すこやかな寝息のきこえてくるようすもなかった。スーティの寝息もない。マリウスのそれもない。

グインは静かに立ち上がって寝台のまわりをまわり、フロリーとスーティの寝ていた真ん中の寝台のところへろうそくを持ったまま移動した。油断なく片手に剣を握り締めながら、片手にろうそくをかざし、寝台に歩み寄ってろうそくをつきつけてみる。

寝台はもぬけのからだった。

（………）

グインは低く唸った。布団はきれいにふわりとかけられており、まるで誰もそこに寝たものはなかったかのようだった。

グインはもうひとつの寝台を調べた。マリウスの寝ていた寝台ももぬけのからであった。フロリーも、スーティも、マリウスも、三人ともどこにもいなかった。布団には誰かが寝た形跡はなく、グインが剣を腰の剣帯に落としこみ、そっと手をさしいれてみても、そこには、ひとの寝ていたというぬくもりも感じられなかった――といって、ひえびえと、誰もふれたものもないというほどに冷たく冷えてもいなかったのだが。

　グインはまた低く唸り、そして、おのれの寝台に戻って、マントを手さぐりでとり、ろうそくを燭台にたて、そしてマントをつけた。ろうそくを取り上げて、大きいほうの燭台の三本のろうそくにも火をうつす。あたりはかなり明るくなった。そちらは最初からテーブルにおいてあったほうのやつで、最初にグインが持ったそれはヴルスが案内に持っていたやつだった。グインは三本のろうそくのついている大きいほうの燭台にあかりをともすと、こんどはそちらをとりあげ、身支度もすっかりすませて、もう一度、奥の部屋をくまなく、燭台をかかげて探してまわった。どこにも、マリウスも、フロリーも、スーティもひそんでいる気配も、隠されているようすもなかった。どこからもひとの息づかいも気配もしてこなかったし、夜はますますしんしんと深く、闇は圧倒的にたゆたっていた。

　グインは考えこみながら、燭台をかかげたまま、もう一度奥の室を、こんどは荷物を中心に確認してまわった。マリウスのキタラはなかった——フロリーのささやかな荷物や、マリウスの袋は脱衣籠のなかに残されていた。グインはかるくうなづきながら、そっとこんどは細心の注意を払いながら廊下に出る扉に近づいた。

　鍵がかかっているか、と用心しながら押してみたが、それはなんということなく開いた。ただ、一瞬、向こうから押し返されるような奇妙な微妙な手応えがあっただけだった。グインはおのれのかくし袋を触ってみた。そこにふしぎなお守りの瑠璃が入っていることは、もう知っていた。それが、ことあったときには熱を発したり、ときには話しかけてさえきたりして、グインを守っていてくれることも、長い旅のあいだでもう知っていたのだ。グインはそれが強い熱を発していることを確かめて、やはり妖魔の力が動いているのだ——と確認した。

そのまま、廊下の左右をよく見回し、記憶をたどりながら、おのれが最初に案内されてきた方向へとグインは戻っていった。確か、あの大きな食堂から、夕餉のあとにマリウスが演奏と歌を披露した居間までは、このように歩き、そしてそこからこのように廊下を案内されてきたはずだ——という、その足取りはしっかり頭にたたきこんであったつもりだったが、廊下はひどく暗く、その上思いもかけないところで曲がっていたりして、ヴルスが案内してくるときもいくつも角をまがったり、ゆるやかな坂をあがり、少しだけ階段をのぼったりしただけに、本当にこの道でいいのかどうか、ということについては、もうひとつ確信がもてなかった。

だが、グインは、おのれの感覚を最大限に働かせながら、ずっと奥にむかって廊下をたどっていった。そのあいだも、五感をぎりぎりまで働かせて、どこかでなんらかの気配がないか、何かの物音が聞こえぬかと、懸命に探りつづけていた。ほんのかすかなスーティの泣き声や、マリウスの声、フロリーの悲鳴などが聞こえぬか、あるいは何かの争いの物音などが聞こえてこぬかと、なんとなくめぼしい扉の前にゆきあたると、その扉に耳をおしつけてまで、中のようすを確かめた。だが、コングラス城はまるきり無人の城と化してしまったかのように——あのあやしい無人の船の伝説のように、ひとけもなく、人っ子一人なく、犬の子一匹通りかかるようすもなかった。

グインはなおも廊下を歩いていった——なんとなく、自分が、滅びてしまった古い廃城の廃墟に、幻影を見せられてそうとも知らず歩いてゆく、本当に世にも孤独な旅人になりはてたような思いが、グインのさしも雄々しい心をもとらえていた。だが、グインはあえてその迷いや迷信じみた畏怖をはらいのけ、燭台をかかげ、あちこちの気配に念をこらしながら歩いていった。

グインがそうして燭台をかかげて歩いてゆくたびに、ゆらゆらとろうそくの炎はゆれ、すすと煙を噴き上げ、そのゆらめくあかりにおぼろげに照らし出されて、あわてふためいた何か奇妙な異形の小動物たちや、昆虫にしては大きすぎ、トルクにしては小さすぎる奇妙なかたちのものたちが、安全な闇をもとめていっそう深い闇のなかへと這い込み、あるいは逃げ込んでゆく気配がひんぴんとあった。何か、これは、自分は確かに深い夢のなかでこのようなことをしたことがある——という、深い既視感がグインをとらえた。

(知っている——このようにして、どこかを……誰もいない、静まりかえった廃墟のなかを、俺は……歩いたことがある。何かの手がかりを探しながら……あれはいつで、そして、それは何処であっただろう——あれは、俺は、何を探していたのだろう……)

何ひとつひとの気配がせぬかわりに、城のその暗がりの隅々には、そうしたあやしい小生物たちの気配がみちみちているように思われた。それゆえ、それは決して孤独ではなかった——その意味では、この城は廃墟どころか、実にさまざまな生き生きとしたいとなみに満ちているように思われた。もっともそれはまったくの、闇に属するものばかりだとしか思われなかったのだが。グインは一度ならず、ばさばささ——と羽音をたてて天井にぶつかりながら前を横切る蝙蝠らしきものの気配をきいたし、城に入ろうとしたときにフロリーを怖がらせたあの巨大な蜘蛛の親戚ではないかと思われるような毛むくじゃらの八本足の奇妙なものが、真っ赤に光る目をこちらにむけながら、暗がりにうずくまっているのも確かに見た。だが、それは、何も攻撃をしかけてこようとはしなかったので、グインもしずかに足音を忍ばせてその前を通り過ぎたのだった。

ここはなんという不思議なところだろう——その思いが、グインの心をしだいに強く、深くとらえはじめていた。もう、まるで、何日も、少なくとも何時間もこうしてこの長い廊下、左右に閉ざされてたくさんの秘密をひそめた扉をそなえた暗い廊下をさまよい、旅をしているような気持が、グインをとらえていた。

(もうずっと——生まれてこのかた、こうしていたようだ。まるで——生まれてからずっとこうして……ひとりで、暗い回廊をさまよって……)

グインがふと目をあげたときだった。

まるで、そのグインの思念をあざけるかのように、むかいの扉が、四角く光に浮かび上がっていた——扉の周囲のすきまから、室内のあかりがもれているだけのことだったが、それはまるで、いまのその、永遠の闇の放浪者になってしまったのかとさえ錯覚しかけそうになっていたグインには、激しく招いているかのように明るく、そしてまざまざとして見えた。

グインは燭台をかかげたまま、そのあかりにむかってにじり寄っていった。そして、扉のまん前にからだを置かぬように気を付けて、そっと手をのばして扉をあけてみた——このまえの、あの薪小屋での一件以来、グインはさらに注意深くなっていたのだ。だが、こんどは無論扉をあけたとたんに竹槍が飛んでくるようなことはなかった。扉は鍵もかかっておらず、音もなく開いた。

いきなりまばゆい光があふれ出てきた。グインはあわてて目を細め、急激な光の洪水から目を守ろうとした。べつだん、それほどたくさんのあかりがついているのではなかっただろうが、ずっとあまりにも暗い暗がりに目が慣れてきたグインには、それはそれこそ目もくらむばかりにまばゆい場所に感じられたのだ。

グインは目をしばだたいて光に目を慣らした。最初は目がくらんで何も見えないような感じだった——それから、ようやく目が慣れてきたので、燭台を吹き消し、それを床の上におき、油断なくその明るい室の入口に立った。

瞬間、さしものグインも叫び声をあげるところだった。

（これは――何だ！）

そこには、思いもしなかった光景が展開していた。

そこは、これまでにグインたちが案内されたどの部屋ともまったく似ても似つかぬ部屋であった。室のなかは、銀色のにぶく光る、布とも金属ともつかぬ材質の壁で一面に天井までも張られていた。そのなかに、壁にいくつもの、透き通った――水晶よりももっとずっと透き通ったまるい蓋のあるたてに置かれた棺のようなものが埋め込まれているのが見えた。等間隔で、上が頭のかたちにまるくなり、下は下すぼまりになりながら、長くなっている。その棺はおよそ三十から四十もあっただろうか。もっとあったかもしれなかった。壁面はぎっしりとその棺で埋め尽くされていた。その室のまんなかにも、大きな、これは横にしてある同じような棺が三つあった。そのなかは誰もいなかった。からだのかたちのくぼみがある、灰色がかった光沢のある布のようなものが棺の中の、下の部分に敷かれている。

からの棺はそれだけだった。壁に塡め込まれている棺には、ひとつ残らず、そのなかにひとりづつ人間が入っていた――グインは目をむいた。一番手前の、入口に近い壁のところに埋め込まれているその棺のなかに、フロリーがいた。

フロリーはよく眠っているようだった——その横にスーティがしがみつくようにくっついていて、立っているのに、かれらは横たわって眠っているのとまったく同じように、倒れもせず、下に落ちてくることもなく、何かまるでからだをささえている目にみえない物質か水かなにかがその透き通った棺のなかに満たされてでもいるかのようだった。

「フロリー！」

低く叫んで駈け寄ろうとしてグインはあえて声をのんだ。そのとなりの棺のなかにはマリウスがいた——そして、そのとなりにはなんとリギアが青白い顔で目をとじたまま、よく眠っているようにみえた。その胸がゆっくりと規則正しく上下しているのを、グインは確かめた——その上下はかなり遅く見えたが、確実に上下してはいた。

ということは、生きてはいるのだ。だが、どういうわけか、リギアのほうがかなり青ざめて見えた——マリウスとフロリーとスーティとは、ほとんど、夜寝るまえのようすとかわりはなく、ただそれが眠っているだけのように見えたが、リギアは青ざめて、血の気がなかった。

リギアの隣の棺からいくつかのそれの中には、どこかで見覚えのある顔があった——グインはいぶかしみ、それから思い出した。

（あの娘らだ）

それは、マリウスの歌をきいて力ない拍手とやや機械的だが心からのほほえみを浮かべて喝采していた、あの侍女の五人の娘たちにまぎれもなかった。

かれらは白い長い寝間着のようなものをみな身につけていたので、最初わからなかったのだ。おまけにかれらはみんな妙に似通ってみえていた。だが、グインはひとの顔を覚えこむのに妙を得ていたので、それが間違いなくあの娘たちだと見分けることが出来た。グインは恐ろしさもためらいも警戒も忘れて、室のなかに踏み込んだ——そして、マリウスの棺の透明な蓋を叩こうとしたが、気付いてそれをやめ、かわりに、その室のなかをそっとひとわたり調べてまわった。

それはなんとなく不気味な気持にさせられる行脚であった。それはグインの目からはまったくの、死人をおさめた棺の群れのようにしか見えなかったからだ。マリウスとフロリーとスーティ、それにリギアまでは、いつもの見慣れた自分の衣類を身につけていたし、リギアがかなり青ざめているほかはようすもいつもとかわらず、ただ眠っているように見えていたが、侍女の娘たちと同じように、ほかの、水晶の棺のなかにおさまっているものたちはみな、白い長い、寝間着のようなものを身につけていた。そして、若い娘もいればいくぶん年輩の男もいたし、美しい少年や精悍そうな青年もいたし、淑やかな貴婦人ふうの年輩の女性もいたが、みななかなか美しかった。

そして、奥にゆくにつれて、奇妙なことに、かれらの顔は青白く、そして石膏細工のように見えはじめていた。一番奥の壁のまんなかにある棺におさめられているものは、全身が真っ白くかたまってこわばってしまっているように見え、ほとんど、それは生きた人間というよりは、石像にすぎぬかのように見えた。

（これは……）

それをじっとみていても、胸はほとんど上下しなかったし、生きているのかどうかもよくわからなかった。グインはしだいに奇妙な切迫した胸騒ぎがたかまってゆくのを感じながらそれらの棺をすべて調べ終わり、そして、さらに奇妙なおののきを感じながら部屋の入口に戻ってきた。

「マリウス。マリウス、聞こえるか。目をさませ。マリウス」

ついに、ためらいをすて、誰かに聞こえるかもしれぬ、という不安をもふりすてて、グインは低い声で、棺のガラスごしにマリウスに呼びかけてみた。それからそっと棺を叩いてみた——だが、マリウスはまったくぴくりとも動かなかった。その秀麗な顔は、目をとざしたまま、まるきりグインの呼びかけも聞こえてはおらぬかのようだった。

「フロリー。——スーティ。リギア」

グインはひとりひとりに声をかけ、そっとふたを叩いてみた。まだ、思い切り力をいれてふたを叩き割ったりしてしまう勇気はなかった——声もあまりに大きくするのははばかられた。このような異様なことになっている以上、コングラス伯爵とその従者たちはやはり魔怪に違いはあるまい。だとすれば、そうやってかれらをこのような棺に閉じこめてしまったことも、暗い、悪魔的な意図をしか想像出来なかった。だとすれば、かれらに気付かれれば、かれらは即刻グインにいどみかかってくるだろう。かれらと戦うのにはやぶさかでもなかったが、もし怪魔だとすれば、世のつねの人間やラゴンや野獣たちと戦うのと同じようにおのれの戦法が有効であるかどうかは請け合えなかった。

だが、グインはそうしてじっと棺のなかで眠っている――それとも気を失っている連れたちを見ているうちに、いたたまれなくなってきた。また、このままこうしていてもしかたがない、とも思われてかなり切迫した心持になってきた。むしろ、かれらがやってこぬうちになんとかして仲間を助け出さなくてはいけないのではないか、という思いもあった。

(くそ……)

グインはぎりぎりと歯をかみならした。一瞬のためらいののちに、グインは剣をさやごとひきぬいた。

(ヤーンよ!)

低くとなえて、剣のさやをつかんでふりあげ、柄のほうで、マリウスをおさめてある棺の透明な蓋を叩き割ろうと思い切って振り上げた。

刹那だった。

「待て!」

うしろから、鋭い声が飛んだ。はっと、グインはその瞬間に飛びすさっていた。

「待て。その棺を壊してはならぬ！」

「貴様――！」

グインは剣を抜こうとしながら、トパーズ色の目を爛々と燃やして、リギアの棺を背にとりながらにらみつけた。入口のところに、奇妙な青白い光をうしろから受けて、なかば衣類も髪の毛もすけているような感じで、コングラス伯爵が立っていた。そのうしろに、執事のヴルスと従者のエルリスがうずくまるようにしている。かれらの服装はすっかりかわっていた。

服装だけではなく、様子もかわっていた。かわっていないのは伯爵だけだった。伯爵は、銀色の奇妙な、ふわりとしたマントのようなものをつけていたが、首から上は何ひとつ、最前までとかわったところはなかった。だが、ヴルスのようすは見分けがつかぬほどかわっていた。

もう、彼はほとんど人間のようには見えなかった。灰色がかったごま塩の髪の毛は逆立って頭のまわりに渦巻いていた。その顔は、もともと何か南方の獅子を思わせるひらたい鼻柱と大きな口を持っていたが、いまはほとんどまるきりの獣人としか見えなかった。その顔にも毛が密生していたし、その目は爛々と、グイン当人の目を思わせるように光っていた。そして、そのうしろにうずくまっているエルリスは、銀色の長い髪の毛が背中の下のほうまで流れ落ち、そして銀色のマントのようなものをやはり着ていたが、真っ赤な目が妖しく燃え上がり、これまたまったく人間には見えなかった。その口は耳まで裂けているかと思われたし、その口のあいだから、真っ赤な長い舌があらわれてぺろぺろとしきりとその口をなめずっているありさまは、とうてい人間ではありえなかった。といって妖魅というよりは、むしろ、半獣半人かと見えた。

「マリウスに何をした？　リギアをどうした」

グインは険しく叫んだ。その手は、いつなりと剣を抜けるように、愛剣の柄にかかったままだった。グインの上唇もめくれあがり、その口からとがった牙があらわれ、あえていうならば、グインもまた、そこにそうしてうずくまっているあやしい二匹の獣人と同じ種類の生物にしか見えなかっただろう。

コングラス伯爵は、奇妙な、ほとんど苦渋の表情といいたいものをたたえてグインを見た。その黒い、漆黒の闇の色の目のなかには、明らかな懇願にさえ似た色があった。

2

「そのおおせ、ご尤も。ケイロニア王グインどの」

コングラス伯爵は云った。そして一歩、室のなかに入ろうと身を動かした。

「動くな」

鋭くグインは叫んだ。だが、グインのほうも、自分の身におこりつつある奇妙な気配にとまどっていた。

(何だ——これは……この……この感覚は……)

(右腕が——むずむずする。それだけではない……右腕が……おお、どうしたことだ。右腕が発光している……)

グインは、いささか目を疑いながら、おのれの右腕の肘から先を見つめた。

それは、もう、もとどおりの様子をしてはいなかった。太くたくましいグインの腕全体が、青白い光をその内側から放っているように思われ——それはまるで、そのなかにある何かが、外に出たがって暴れてでもいるかのようだった。事実、その腕が勝手に上にあがってゆこうとするのを、あわててとまどいながらグインは押さえた。だが、次の瞬間、グインの口から叫び声がもれていた。

「ウワッ！　こいつが勝手に――」

いきなり、グインの手から、青白い光の蛇のようなものがのたくり出、そして、それはやにわにグインの手のなかで、かのスナフキンの魔剣のすがたをとったのだ！

かの魔剣については、グインは、黄昏の国のあやしい女王、大鴉のザザに教えられてはいた。だが、くりかえしザザに妖魔相手以外には使ってはならぬ、と教えられていたゆえ、グインはごくあたりまえの人間界を旅する日々が続くにつれて、いつしかに、その存在についてもあまり意識さえしなくなっていたのだ。だが、あるいはスナフキンの魔剣のほうが、このことのなりゆきにさいしてもおのれが呼び出されぬことに焦れきっていたのかもしれなかった。それは、いまや、勝手にグインの手につかまれ、そして早く目の前の妖魔を切れ、とでもいわぬばかりに、ごうごうとあやしい青白い炎を吹き上げていた。グインは仰天して、ついにおのれの制御をこえてそれ独自の意志を持つにいたったかに見えるこの魔剣を見つめた。

「グインどの、グインどの！　その物騒なものをどうか引っ込められたい」

コングラス伯爵が叫んだ。

「それは、我々には――私にはともかく、ヴルスとエルリスにとってはなかなかけんのんなしろものなのです。どうか、早く、それを。そして、どうか私の話を聞いてください。私は、あなたと話をするためにここにやってきたのですから。豹頭王、どうか！」

「といったところで——こやつは、勝手に出てきたのだ」

困惑しながらグインは云った。

「俺が呼び出したわけではない。——こやつのほうが——おそらく、お前たちの妖気に反応したのだろう。だが、なんとかおさえておくことは出来るようだ。俺がこやつを押さえているあいだに、とにかく説明なり申し開きがあるのなら、とっととするがよい。でないと、こやつ、俺の意志を無視してお前たちに斬りかかってゆくかもしれん」

「とんでもないものを持っておられるものだ。さすがに豹頭王ともなられると」

コングラス伯爵は溜息をついた。

「そのような魔剣をお持ちとは、私の情報のなかにもありませんでした。——それはなかなか恐しい効力を持った魔剣ですな。どこで手に入れられたのか——私の情報網によれば、グイン王は記憶を失っておられる、ということだったのだが、そのような能力や——王に付随するそれらの魔力のほうは、王がそれの記憶を失っておられても勝手に作動する、ということなのか」

「俺が記憶を失っているだと」

グインは険しく叫んだ。

「おのれは、何者だ。なぜ、そのようなことを知っている。魔道師め——正体をあらわせ。おのれも、あのグラチウスとやらの同類か」

「いや、いや。私は、正確に申さば魔道師ではありません」

伯爵は釈明した。

「それに〈闇の司祭〉グラチウスとは何のかかわりもありません。グラチウスがずっと長いあいだ、豹頭王のその偉大なエネルギーをつけねらい、なんとしてもそれをわがものにせんとあらゆる手をつかって画策しているということは当然知っておりましたが、私たちは基本的には、人間界の出来事には介入してはならぬ、というおきてを忠実に守っております。——ですから、リギアどのや、王のお連れたちをも、害せんというつもりはまったくなかった。ただ」

「ただ、何だ」

「ただ、この城は、世の常の空間にはあらず——このなかにいると、普通の、魔力を持たぬただの人間にとっては非常にいろいろな障害が起きてしまうことになるのです」

「障害——だと」

ゆだんなくトパーズ色の目を光らせながら、グインは云った。手のさきでは、まだ、それ自体がおのれの生命をもって、まだ斬りかからぬのかと焦れるように、スナフキンの魔剣があやしく青白い光を放っていた。

「はい。障害、と申すか……もっとありていにいえば、普通の人間はこの空間の中では、長時間生命を保っていることは出来ぬのです。――いや、つまり、その普通の人間としての生命、ということですが。――この城のなかでは、時間も空気の流れもエネルギーも何もかも、通常と異なる流れ方をしています。ここは、外の世界と切り離された場所なのです。中に入ってこられて、そうとはお感じになりませんでしたか」

「あるいは感じたかもしれぬ」

グインは厳しく云った。

「だが、ならばなぜ、かれらを迎え入れて歓待した？　それならば結界を張るなりなんなりしてかれらを追い払えばすんだことだっただろうに」

「そう、だが、私はあなたとお話をしたかった。あなたとお会いしたかったのです。豹頭の勇士グイン」

「俺に会いたかった――だと」

「そうです。――そして、あなたなしであの頼りない人間たちをあの嵐のなかにおいておくことは決してあなたはがえんじなかったでしょう。だから、こうして迎え入れ――そして、もてなし、そして眠ったときにこうしてこのように――冬眠カプセルに入ってもらったのです。このなかでなら、かれらの時は止まっています。また目ざめたときにただ単に、なにごともなく、ここでおきたすべての不思議な出来事はただの一夜の夢だ

ったのだとばかり思って、すこやかにかれらは目覚めるはずです。――それまでのお時間を私にたまわるわけには参りますまいか。ケイロニアの豹頭王よ」

「…………」

グインは警戒もあらわな目つきでコングラス伯爵を見据えた。だが、伯爵の真摯な目の色をみると、唸るように云った。

「聞こう」

「出来ることなら――その魔剣を引っ込めていただけると、その――エルリスもヴルスも落ち着くのですが。――その魔剣が放っている魔気が、猛烈にかれらには強烈な刺激として感じられるのです。私もまたかれらをひきとめておくのが精一杯の状態です――かれらと、スナフキンの魔剣とは、どちらも――あえていえば、同じ種類の生物なのです。それは魔界の、トワイライト・ゾーンの生命によって作られている。これもまた、世のつねのものではない」

「…………」

「私はトワイライト・ゾーンの存在ではないし、あなたもそうです。だから、その魔剣の《気》も、私には、かなり強烈だな、と感じる程度ですんでいる。それはあの下界の嵐が、なんということはなくともあの雨風に濡れたり吹かれたりすれば影響は受ける程度のものでしかありません。しかし――あれらにとっては、その魔剣がそこにあることそのものが、たえざる挑発と感じられるのです。ことにエルリスを押さえておくのが私は自信がない。これは、もとをただせばトワイライト・ゾーンの銀狼なのですよ、豹頭王。これは、人間ではなく、私が銀狼にかりそめにひとがたを与えた、そういう存在なのです」

「あやしげなことを……」

　グインは低く唸った。

「それに、俺には、どうやってこの魔剣をおさえていいかわからぬ。こやつを呼び出すにはどうしたらいいかはかつて教わったが、こやつがこんなふうに自分で勝手に飛び出したときにはどうしろなどという話は、俺は聞いておらぬ」

「スナフキンの剣よ、いまはお前は必要でないゆえ、また俺のなかで眠っていろ——とそう、唱えてごらんなさい」

　伯爵は云った。

「むろん騙そうとしてなどいるわけではありません。いつなりと、あなたがわれわれに斬りかかるためにその魔剣の力を必要とするときには、あなたはただ、『スナフキンの剣よ、お前が必要だ』と叫びさえすれば、それはそうやってあなたの手のなかにあらわれるのですから」

「おぬしは何もかも知っているようだな」

低く唸って、グインは云った。そして、そっと、伯爵に云われたとおりに念じてみた。とたんに、かなり不承不承——というような感じではありはしたが、スナフキンの剣は、すうっと吸い込まれるようにして、グインの腕のなかにまた消えてしまった。グインは目を瞠った。

「有難うございます」

伯爵はひどくほっとしたように礼を述べた。そのようすは目にみえてやわらいでいた。また、彼のうしろにあやしくうずくまって、いかにも獣然と低い唸り声をあげていた二人の獣人も、少し静かになった。

「さあ、これでよかろう。おぬしは釈明があるといった。だが俺はまだそれに得心がいってはおらぬ。話してみろ——説明できることがあるというのだったら、云ってみろ。だがいずれにせよリギアたちを元通りの姿にしてかえせぬようなら、このままには捨てておくわけにはゆかんぞ」

「それはもう大丈夫です」

伯爵はうけあった。

「私はただ、あなたと話がしたかっただけです、豹頭王よ。だから、ほんの一刻ほど、私にあなたの時間を下さいませんか。それがすんだら、むろんあなたとあなたのお連れたちを元通りあなたの世界に戻してあげることにします。だが、それまでは、この城のなかにいる限り、この冬眠カプセルに入っていることが、かれらにとってはもっとも安全です。この中では、時の流れも、何もかもが、外の世界とは違うのです」

「……」

「そう、だから、むしろ私はかれらの安全のためにこうしたのだと信じていただくわけにはゆかぬでしょうか。私はただ、あなたと邪魔されずに話がしたかっただけです。――もしよろしければ、このようなところで立ち話ではなく、あちらにいって落ち着いて話しましょう。あなたにとっても興味深いことがいくつもあるはずです。それまではかれらはここで静かに休ませておいてやればいい。かれらは疲れているし、このカプセルのなかでの眠りは深くやすらかで、その疲れをすっかり癒してくれるでしょう。もしあのまま起きてこの城のなかを歩き回っていたとしたら、必ずかれらはこの城の波動を受けざるを得なかっただろうし、そうなれば、かれらは非常に大きな影響を受けたでしょう。この城のなかは世のつねの空間とはまったく違います。ここは、まったくここだけの独立した法則性によって動いています。――あのかれらの近くのカプセルに入っている娘たちがごらんになれますか。彼女らを覚えておいでだろうと思いますが、彼女たちは、晩餐のあとのあの美しい音楽会をともに楽しませていただいた私の仲間たちです。だが、彼女たちはもう、それほど長いこと、カプセルから出ていることは出来ません。――さっきのあのくらいの時間が関の山です。それ以上、外をうろついていれば、彼女たちは弱りはててしまう。だが奥のものたちよりはましです。一番奥のあの一列には黒い光のはいらない蓋がかぶせてあるでしょう。あのなかにいるものたちは、もう、光にさえもたえられず、永遠の眠りについています。いや、死んでいるのではありません。意識もありますし、からだも生きています。でも、カプセルの外に出ることはできないのです。何故だか、おわかりですか」

「いや……」

グインはうっそりと首をふった。

「それは、かれらが本当に人間として生きていれば、とうてい不可能なほど、とてつもない長さを生きてきてしまったからなのです。あの黒い蓋のなかにいるものたちは、みな、一千年、二千年、いや、もっと昔に仲間になったものたちなのです」

「何だと」

低くグインは疑わしげにいった。

「そうなのです」

伯爵はうなづいた。

「きのうのあの娘たちはもっとも最近にわれわれの仲間になったものたちですが、一番若いものでも、もうここにやってきて三百五十年になります。——その隣のアンヌという娘は、あれは五百年前に恋人ともども追われてこの城に逃げ込んできました。禁忌を犯して異教徒と恋人どうしになってしまったからです。彼女の恋人のほうは、もう百年も前に塵にかえりました。――彼女もいつそうなるかわかりません。その隣のクルジェットという娘は五百二十年前に、売られて奴隷として旅商人に連れられてゆく旅から、あまりの辛さに逃げ出してきてここにたどりつきました。そのままここで私たちと一緒に暮らすようになり、幸せに暮らしていますが、このところでは、こうして眠りにつくことがめっきり増えてきています。――だがこのカプセルに入ってさえいれば、そのなかでは時が止まっていますから、かれらは生きていられます。だがもしこの城から出てゆけば、一歩そとに出たとたんにかれらは塵になって雲散霧消してしまうでしょう。かれらの本来のからだはもう、何百年も前にとっくにそうなっていたはずなのですから。この城のなかで、かれらは無理矢理にすがたかたちを若いまま保っているのです。この城の魔力と、ここでは時がとまっているがゆえに」

「あやしげな話だ」

低くグインはつぶやいた。だが、伯爵が先にたって、グインをあの居間に案内するのにはさからわなかった。どちらにせよ、居間はそこから廊下をまっすぐにいったところで、そのあやしい室に戻るのはそれほど大変ではなさそうだったのだ。

「それでもおぬしは魔道師ではない、というのか？　ならば、お前たちは何者だ――そして、なぜ、俺をこの城に招き寄せた。何か目的があってのことか。ならばともかく云ってみるがいい。場合によっては――」

「目的というのは、あなたと親しくお話すること」

伯爵は静かにいった。

「その理由というのはほかでもない。あなたはいまのところ、完全に記憶を失っておられるが、その本来においては、あなたは私の――私はあなたの仲間であるからです。――私もまたあなたと同様、はるかな――目にみえぬはるかな遠い宇宙の彼方からこの惑《ほ》星《し》へとやってきた、そういう存在であるからです」

「何――だと？」

グインはひどく用心深く云った。伯爵はグインにかけるように革張りのソファを指し示し、自分は巨大な気に入りらしいスモーキング・チェアに座った。銀髪のエルリスと灰色の髪の毛のヴルスとは、入口にゆっくりとうずくまった。かれらはもう、人間らしくふるまうことをかなぐりすててしまったかのように、その動きはひどく動物めいてみえていた。

「おぬしが何をいっているのか、俺にはさっぱりわからぬ」

グインは云った。

「目にみえぬはるかな――遠い宇宙だと？　その彼方からこの惑星《ほし》へやってきた、だと？　それはいったいどういうことを云いたいのだ？　おぬしは俺をことばたくみにたぶらかそうとしているのか？」

「いまのあなたならば、そのように思われるのも無理はないかもしれぬ、豹頭王よ」

コングラス伯爵は云った。

「まして、私が二千年近い昔にはるかな宇宙から飛来した生命体だ、などといったら、すべての記憶を失っているあなたはまったく信じようとはなされぬでしょう。だが、かつては、あなたは本当に驚くほどにものごとの本当の真相の真相に肉迫されていたのですよ。そして、それをほとんどその手中につかんでおられたのだ。だが、そのあとで、あまりに大きなある衝撃があなたをとらえ、あなたの記憶にゆさぶりをかけてすべてを混乱させてしまった。あなたの記憶は失われたのではない。ただ、そこにいたる道が閉ざされてしまっただけです。そのあいだに、いくつもの小さな道もまた閉ざされてしまったり、ひっくりかえされてしまったりしたので、もしあなたがその道を見出したとしても、永遠に失われたままの小道もあるかもしれぬ。——それほどにやはり、本来、カイザー転移をかさねるというのは、生身の存在にとっては——たとえグイン王のような特殊化された進化した存在にとっても、負荷の大きすぎることなのです。だから、それは、やがて完全に禁止されるにいたったのです」

「おぬしが何をいっているのか、やはり俺にはまったくわからぬ」

憮然としながらグインは云った。

「何か、だが、おぬしが俺についてよく知っているようなようすなのが、ひどく落ち着かぬ気持をそそる。——しかしそれについて、いまの俺に説明してもらっても、おそらくなかなかに理解は出来ぬことなのだろうな」

「そうですね……」

コングラス伯爵は溜息をついた。そして、ヴルスに、伯爵とグインとに熱い茶を持ってくるように、と命じた。

「本当はあなたはすべてを手にしかけていたのです。だが、それを手にしていたら何が起きていたのか——それは私にもわからない。もしかしたら、非常に重大なことが起きるかもしれなくて、それで《調整者》がそれをはばんだのかもしれない」

「調整者——だと」

「そう、調整者、です。そのことばもお忘れになったかもしれない——われわれは、というか、《私》は、《調整者》というわけではない。だが、かつてはそれにきわめて近い存在であったのも本当です。ただ私と私の仲間たちは、そうやっておおいなる大宇宙の黄金律を調整し、見守り、コントロールする任務のためではなく、より個人的に——それについてはあなたに云うこともないくらい個人的な目的のためにおのれの生まれたふるさとを出てこの惑星にやってきました。——あなたのように追放されたわけではないが、その意味では私たちはあなたの同類ともいえたのです」

「……」
グインはトパーズ色の目を鋭く燃やしながら、じっとコングラス伯爵とかりそめに呼ばれているこのあやしい生物を見つめていた。相変わらず、伯爵のいうことばは、グインにはひとことも理解できなかった――ことばとして理解できないということではなかったが、それはなんらグインの脳髄にとっては意味をなさない単語の羅列にしかすぎなかったのだ。だが、それが、いたずらに意味のないことばをもてあそんでいるのではなく、その奥には何か、自分にとってもかかわりのある、きわめて重要ななんらかの事実がひそんでいるようだ、ということは、グインにも感じられたのだった。それゆえ、グインは、なんとかして《伯爵》のことばを理解しようとつとめながら、必死に伯爵をにらみすえていた。

伯爵はそのグインの焦燥をうすうす知っているようだったが、そのままおだやかにことばをつづけた。獣人ヴルスの運んできた熱い茶が一瞬、かれらを沈黙させたが、それが配られると、また伯爵は話を続けた。

「あなたはいったんことの真相にきわめて肉迫されながら、それをまた失ってしまわれた。それについては知っています――この宇宙のすべてのマザー・ブレインはそうした情報を共有することを可能にしているからです。あなたはあらかじめ追放される段階で記憶を剥奪された。だが、そのあとに作り上げた独自の記憶をもまた、たびかさなる空間転移が奪ってしまった。あるいはもう一度空間転移を繰り返されればそれによって記憶が戻ってくるかもしれぬし、あるいはそれはもう不可能かもしれない。だが、あなたの中の記憶は失われたわけではなく、ただ混乱され、おおむねの記憶にいたる道を閉ざされているだけだ、ということは私にはわかっています」

「何だと——」

グインはいっそう驚きながら云った。

「俺の記憶は失われたわけではない、だと……」

「そうです。そしてそれは本当に必要に応じてからだが勝手にそれを取り出していることでも明らかです。だが、それをすべて取り戻すためには調整者による完全な再調整が必要になるでしょうし、それは、あなたが追放されたさいに剝奪された記憶までもよみがえらせてしまうことになるでしょうから、調整者はそれをがえんじないでしょう。——そうやって、不完全な記憶を持って生きてゆかれるのは非常に苦痛なことであるだろう、とは私には想像ができる。だが、私に出来るのはほんのわずかな手伝いだけです」

「手伝いだと」

「そうです。私は自分の意志によってこの惑星へと飛来した、あなたと同じように宇宙の果ての、ただしあなたと異なる惑星で生きていたより高度の文明の申し子のひとりです。——私と私の仲間達は《調整者》の作り上げた文明のあまりにきびしい規範に反逆して、これにそむき、長い航海のはてにこの惑星にやってきました。そのときこの惑星はまだきわめてきわめて原始的な段階にあり、いまだに空を飛ぶことも知らず、火をおこすことさえ知らなかった。我々の仲間たちはそれを教えてやり——なかには、かれら、つまりこの惑星の原住民たちのあいだに入ってそこで一生をおえて、そこで伝説の名を残すにいたったものもありました。だが、そのうちに我々は、我々の種族の誇る長寿とすぐれた知能と感覚とが、この惑星の下等な文明とさまざまな気象条件のそのなかでは、維持できないのだ、という事実を知るにいたったのです。——最大の問題はこの惑星の持っている磁場が、我々の恵まれた長寿に作用してこの惑星のものたち同様の短命にとしめてしまう、ということだった。これに気付いたので、われわれはこの城や——同様の結界で守られたおのれの居城をあちこちに築き、そこに身を隠して、おのれの長寿を守ろうとするようになったのです。また、さらに、我々がそのように長寿であるということを、この惑星の短命な原住民たちに知られると、たいへんよくないことがたくさん起きた。この惑星の人々は必ずしも平和で心やさしいものたちばかりではなく、自分のもたぬそのような長い生命をもつものをねたんだり、ぶきみがったりしたからです」

コングラス伯爵のことばは静かにうす闇のなかに続いていった。

3

「我々の仲間は最初、原住民たちにさまざまなことを教えてやりました。かれらはわれわれを神としてあがめ、いろいろな作物や収穫物を捧げたり、女たちを捧げたりして尽くそうとしてくれた。だが、あるとき、さまざまな誤解から我々とかれらとのあいだは非常に敵対的なものとかわりました。そして、我々はそれぞれの居城に孤立して、そして結界をはってかれら——この惑星の本来の住民の目からおのれたちの存在を隠し、この、おのれの人工的に作られた世界のなかでのみ、本来の文明と本来の長寿とを享受して生きるようになったのです。——いつしかに、あれほどいろいろ教え導いてやったはずの住民たちはわれわれのことを怪物と呼び、侵略者扱いをし、そしてついには、吸血の悪魔扱いをさえするようになっていった。われわれがかれらのエネルギーを吸い取って生きている、という事実をかれらは過大に騒ぎ立てたのです。——そしてまた、長い時が流れ——我々はかれらからも忘れ去られた」

「………」

「もう、どんな吟遊詩人のサーガにも、我々、宇宙の果てからきた魔神のことは残っていません。その後長い長い月日がかれらと没交渉のままに流れ——我々はもうかれらとかかわりをもつこともやめたし、といってもう、我々は反逆者として出てきた以上ものふるさとに、宇宙のはてのふるさとに戻ってゆくことも出来なくなっていたのです。我々が夢見ていたのはこの地に、原住民とのともに暮らしてゆく楽園を築き、かれらを教え導き、敬慕と愛情を捧げられ、我々はかれらにさまざまな知識をさずけてともに生きてゆくことだった。だが、不幸なさまざまな齟齬と、この惑星のものたちが本来持っていた短命という、いかんともしがたい我々とのギャップのために、我々はついにまったく相知ることのできぬ、理解しあうことの出来ぬ存在となりました。——我々はもう、どのような国の伝説にも忘れ去られています。あるいはとてつもなく古いサーガを研究している学者などのなかには、伝説的な存在としての我々を知っている者もいるかもしれませんが、それもおそらくはまったくの伝説、空想的な吟遊詩人の作り出したありえない絵空事としてでしょう。——我々の城に逃げ込んできたものたちは……ひとつだけ云っておかねばならないのは、さっきごらんになったあの室に、カプセルのなかに眠っていたものたちは、ひとりとして、我々が拉致したり、暴力的にここに来させた者はいない、ということです。みな、何かのきっかけで我々と知り合って、我々とともに生きることを望むようになったり、我々の仲間のひとりと恋におちたり、あるいは自らかつては我々の存在について聞き知っていてたずねあててきたりしたものばかりです。あるいはさっきいった娘たちのように、実にさまざまな事情があって偶然ここに逃げ込んできたか。——いずれにもせよかれらは、ここでしか生きてゆけない、と思うようになったものたちです。私たちもそうしたものしかここには受け入れていません。もともと、この城の受け入れ可能な人数は決して多くはないのです。この城が完全に結界によって人里から守られているためには、それほど多くの人間はこのなかには生きられないのですから。——あなたのような巨大なエネルギーをこのなかに入れていることそのものが、この城にとってはとても負担なのです」

「……」

「そう、だから、我々の仲間になったそのものたちのなかには、なんとあの伝説的な大洪水時代の以前の、旧文明の時代から生き延びているものさえもいるのですよ！——想像してみてもごらんなさい。我々がこの惑星におりたったとき、まだこの惑星はまったくすべてにおいてあまりにも原始的な段階にいたのです！——そしてそれからかれらは文明を築き、原子の火をもつにいたり、きわめて原始的なものではありましたが、宇宙航行の技術さえも身につけました。だが、それから、かれら自身の愚かしさにより、かれらはほろびてしまった。この短命な種族は何度となく、その愚行を繰り返すので、我我長命族のものたちは、かれらはあまりに短命なので、繰り返された歴史の教訓を学び取るだけの時間がないのではないかと思うほどでした！　かれらはあの伝説の大洪水の以前にも、同じ大洪水によって根こそぎ、文化がくつがえされてゼロから出発することを何回も繰り返したのです。そのたびに洪水以前の文化はついえ去り、かれらはいっさい何もないところからの出発をしいられました。それがきわめてこの惑星の文化をつねに低いレベルのものにしていたのは当然です。だが、あのさいごの大洪水――いまのところは――の災厄はきわめて大きなものだったし、そのあとで、あなたの星船が不時着したあの破壊的な、ノスフェラスの誕生をもたらした大災厄もあった。あの時代にまた、この惑星は大打撃を受けた。――だがもう我々は一切関与しないことにしました。かれらはあまりに短命すぎて、たぶん我々のことを理解することも、理解しあえることもありえない、ということを、長命族たる我々のほうはもう学んでいたからです。――あの室に眠っているもっとも古いものは、大洪水を本当に経験した世代のさいごの生き残りです。あのときには、本当にこの惑星《ほし》の人間がすべてほろんでしまうのもいかがなものかと思い、関与はしないことにしつつも、我々はたまたまかかわりあったほんの数人の生命は助けたのです。万一他の人間たちが全滅したときには新しい人類の先祖となるように。――だが、かれらは思いがけぬほどのしぶとさをもってまたたちまち地にはびこり、地にみちて、あらたな文明を築いた。それは本当に驚くほどにあっという間の出来事だった――それは、たぶん、かれらが、これほど短命なればこその長所でもあったのでしょうね、いまにして思えば」

「……」

「だがいずれにせよ、だからあの黒い蓋の棺のなかに眠っているもっとも古くから我々の友であったものは、もう、あの蓋をあけてあかるい光にあうことにさえたえられない状態です。あの棺の生命維持装置のなかでかろうじて夢を見続けていられる。それをして《生きている》といっていいものかどうかわからない。だが、あのなかではそうして心臓が鼓動を打ち続けていられる以上、私はその装置をとめようという気持にはならない。あれほど短命な人間たちであろうと、かなりの時間を私とともに過ごしたのですからね。——そう、この城のなかで過ごす、かれらから見れば永遠にもひとしい寿命をもつ長命族である私にとって、最大の問題はつねに、《孤独》だったのです」

「孤独——だと……」

「そう、孤独」

伯爵は妙に優雅な動作で両手をひろげてみせた。その典雅な顔には、かぎりない悲哀の色だけがあった。

「どのように愛しても心をかたむけても、あちらが愛してくれていても、この惑星の住人であるかぎり、かれらは我々長命族からみればほぼ一瞬にひとしい須臾の短さのうちに、この世を去って塵にかえってゆきます。——むろん妖魔や魔道師たちのなかにはそれなりの長命をもつものもいる。だが、妖魔とは……我々は魔物でも妖魅でもないので、それらとは所詮相容れぬ。あのとてつもない――〈闇の司祭〉グラチウスが最後の一匹を飼っている超古代生物の生き残りなどは、我々から見ればあまりにも下等な生物だからこそあのようにかなりの長寿をもっていられるのだと思えますし、それらを愛するというわけにも参りません。といって、人工的に長寿を享受しているあの魔道師というものども――ことに長寿なのは黒魔道師なのですが、それもまた、我々にとってはともに生きるというような相手ではありませんからね。――そう、もともと、我々は配偶者を得るのが非常に困難な状態の文化のなかにあったがゆえに、その文化に反逆してもっと自由にひとを愛し、ひとと生きられるようになろうと――あらかじめ生殖がマザー・ブレインによってコントロールされ、従って配偶者、というものが生殖とは何のかかわりもなくなってしまったような高度すぎる文明から逸脱して、いわば愛と調和のなかに生きられる場所を求めて母星を出ていったのですから。――だが、たどりついたこの惑星で、我々につきまとっていたのは、愛すれば愛するほど、そのあいては短命に、あっという間に先立ってゆく、という悲哀にみちた経験ばかりだった。そしてまた、愛し導いてやろうとしたものたちに裏切られ、誤解され、しかもそれらはあっという間に滅び去ってゆく、という悲しい運命さえも」

「………」

「いまのあなたには想像もおつきにならぬことかもしれない。だが、あなたとても、長命族の一員です。このままこの惑星で王として君臨していられれば、いつか必ず、私のその悩みや苦しみを共有し、理解し——ああ、コングラスの云っていたことはこのことだったのかと得心されるときがやってきますよ。——その前に、あなたはもしかしたら、長い配流がとかれて、郷里に迎え入れられているかもしれませんけれどもね。あなたは、郷里でもやはり英雄だったのですから」

「………」

グインは瞬間びくりと身じろぎをしたが、それ以上何もたずねようとはしなかった。いまの自分には、所詮、伯爵の口にすることばの大半は、理解しえぬことを、グインはすでに理解していたからだ。だが、いまとなっては、伯爵が、かなりの部分真実を口にしているのだ、ということも、もう疑ってはいなかった。そのことばにも、その目にうかぶ深い永劫の悲哀にも、まぎれもない真実のひびきが感じられたからだ。

「永劫を生きる我々にとって最大の敵は孤独にほかならないのです」

伯爵はゆっくりと繰り返した。

「私たちは、ここにおりたったときに一人一人、新しい理想と夢を求めてそれぞれに居城をもとうと、ばらばらに各地に散ってゆきました。また——我々長命族どうしは決してたがいの配偶者たりえないことももう、わかっています。長命であるかわりに我々は繁殖能力を欠いているのですから。同種族とともに生きることが出来ぬからこそ、われわれはこのように新しい楽園を探しにきたのです。同種族はむしろ敵にほかならぬ、というなさけない宿命にとりつかれて、我々はそれぞれに、それぞれの居城のあるじとなろうとしました。——だが、他のものたちはどうしているかはもう知らぬ。だが少なくとも私に関するかぎり——私は、たくさんの短命な人間たちを愛したことで、ますます孤独になりました。——愛しては死なせ、選んでは塵にかえってゆくのをみとることで、いっそう私の長い長い一生は孤独きわまりないものになりました。ただ追憶だけが積み重なってゆくばかりで——想像がつきますか？　そのように生きてゆく、ということが——あのきのうは目をさまさせて、微笑んでいた娘たちも、ずっと起こしておくことは困難なような年齢です。そして、この城から一歩出てゆけばたちまちのうちに塵となって飛散してしまう。——そのかぎりない繰り返しのはてにもう、いまとなっては私は新しい友、仲間を求めるのさえ、けだるくなりはてました。だから、あなたのお連れをここに引き留めようとは思いません。最初はそう思わなくもなかったのですが——あなたと戦ってまで、かれらをここにひきとめて何になるでしょう。またほんの数十年後、私にとっては本当にいっときの須臾ののちにはただあらたな別れの悲しみを重ねるだけのことです。——だから、いま、私は——かれらを伴侶として選んでいます。かれら——ノスフェラスの銀狼と、そして北方の羆にかりそめに人間の生命をあたえて——かれらのほうが、知能に欠落のあるゆえか、人間たちよりもはるかに長い期間、ともにいられるのですよ。……ことに狼はもともと聖なる動物です。あなたの友であるあの狼王も長い長い時間を生きるでしょう――あの狼王の父であった老狼も私は知っていますけれどもね。あれもまた、長い、普通の人間達からは想像もつかぬ長い時間をノスフェラスの半妖の狼どもの王として君臨していた白狼でした。――だが、狼は狼だし、羆は羆にすぎない。ことばはほとんど喋れないし、心を通わすこともない――いや、むろん、飼っている可愛い獣を愛するようには出来ますよ。だが、それは伴侶とはいえない」

「――なんとも、不思議な話だ」

つぶやくように、グインは云った。

「なんといったらよいのか、俺にはよくわからぬが――ただ、コングラス伯爵が、俺の仲間を害しようというおつもりではないのだ、ということはよくわかったと思う。だがいまの俺には、あなたのいうことはほとんどよくわからん」

「それでいいのです」

淋しそうに、コングラス伯爵は微笑んだ。

「わかることは、苦しみと、そして孤独への道なのですから。――私はただ、いっとき――自分と同じ宇宙のはてから飛来した存在であるあなたと語り合って、永劫の孤独を慰め、無聊《ぶりよう》をまぎらわしたかっただけなのですよ。――長命族とはじっさい呪わしいものです。もともとおのれの郷里にいたならば、それが当然であるから時の流れもまたゆるやかで、それをしか知らずにいられたであろうに、いまとなっては、この短命な種族の時にまきこまれ、かれらと同じ時を享けながら、しかも長い長い時を生きている。──私がここにきたことは間違いだったのかもしれない。だがもう戻るすべはない。もう私の乗ってきた星船はどこにもありませんし、戻っても郷里がどうなっているかもわからない。私の知り人たちはまだ生きてはいるでしょうけれどもね、長命族なのですから。だが、もうかれらは私の友ではなくなっているでしょう。私は反逆者の、逃亡者なのですから。……他の、ともに逃げてきたものたちがどう思っているかはわかりませんが、こと私に関するかぎり、私は孤独と──そして無聊と、悲しみとだけを味わいつくすためにこの惑星《ほし》にきたようなものだ。短命で未開の人々を教え導いてやり、かれらに神とあがめられ、そしてそのなかのしかるべき愛するべき対象を見出してそれに永遠の生命を与え、ともに長い一生を愛し合って生きてゆきたい──という、その私の持った望みはあまりにもむなしくついえ去りました。いまの私にはただ、あまりにもまだずっとずっと先であるはずのおのれの長すぎる寿命の尽き果てるときをいたずらに待ちながら、茫然と過ごしてゆく、長く無為な、うつろな年月があるだけなのですよ。グイン」

「それは……気の毒なことだ」

グインはつぶやくように云った。

「俺は、おのれが宇宙の果て、などというところからきた存在であるのかどうかは知らぬ。また、そのように云われても、何の実感もないし、証拠があるわけでもない。だから、俺にはなんともいえぬが——だが、おぬしのいうことのうち、おぬしがおのれの運命をかこつところはよくわかった。俺もまた、このように、他のものとはあまりにもかけはなれた運命をになって生きているからかもしれぬ。俺もおそらくいつか、おぬしのように思うときがくるのかもしれぬ。来ないのかもしれぬ。それはわからぬ——俺にはおのれがそのように短命なのか、長命なのかとも、知るすべはないのだからな。だが、おぬしの話をきいたかぎりでは、永遠の生命というのはそれほどうらやむべきことでもないようだ。俺はおのれに似たものがいない、という孤独のうちにとざされていると思っていたが、短命なものたちのあいだで、ひとり永遠の生命を享受してゆかねばならぬ孤独、というのもなかなかにむごいものがあるようだ」

「そう、いまとなってはね、グイン。若くして船出したときには、それは当たり前でもあれば、またおおいなる希望でさえあったものですが」

伯爵はふっと嘆息をもらした。

「どうですか。まだ夜のあけるのにはいささか間があります。夜があけたらこの城を出発されたいのでしょうが、それまでのいっときだけでも、せめて秘蔵の酒でもくみかわして、私の話など聞いていただくわけにはゆきませんか。このような銀狼や羆をひとと化身させたものたちとでは、長い夜を語り合うというわけにも参りませんので。——お連れの吟遊詩人、というよりも、パロのアル・ディーン王子のおかげで、一夜、とても無聊をなぐさむことが出来ました。本当をいえば、彼のようなひとがここにとどまっていてくれれば、ずいぶんとしばらく私の心はなぐさむと思うのですがね。でももう、それもこだわりはしません。短命な人間たちにとっては、あまりにもその短すぎる時間を自由に使うこと、というのが想像を絶して大きな意味があるようだ、ということも、だんだんに私には解ってきましたから。——ヴルス、私の秘蔵のあのワインを持っておいで。——どうですか。大災厄時代をこえて生き延びたあまりにも貴重な、先史文明の名残のワインを味わってみませんか。何万年も前の味わいがまだこの城のなかではそのまま生き生きととどめられているのですよ。この城のなかでだけは、少なくとも時の流れはあまりにもゆるやかにあゆむようにさだめられているのですから」

「頂こう」

グインはかすかに笑ってうなづいた。

「俺には想像がつかぬことばかりだ。大災厄時代も、大洪水も——それがどのようなすさまじい災厄であったか、ということもな」

「そう、でも、あなたはかつて、カナンのつきせぬうらみをも聞かれ、その目で、カナンのうらみが見せた幻影をもご覧になったのですよ。——あなたがそれらの記憶を失ってしまわれたというのは、ある意味では当然のことです。あなたの脳は、いっぽうでは、それを過負荷と感じておられたのかもしれない。私のようなものと同様、短命な、あまりにも早く死すべきさだめを受け入れておらぬ人間たちはみな、あなたのような特別な存在をみると、てんでにむらがってきて、あなたの上に望みをかけようとしますからね」

「望みを……」

「そう。覚えていてほしい――助けてほしい、この世の不条理から、救い出してほしい、自分だけを、つねに、自分だけを。――短命であるということは、そのように、自分のことしか考える時間をもたぬということなのでしょうかねえ。そのことにも、私はしばしば――かれら短命なものたちの《愛》というのがどのようにはかないものであるかを知らされては悲しい思いをもいたしましたが。だがそれももういまとなっては懐かしい思い出にすぎません。――豹頭王よ」

「ああ」

「あなたはパロにむかわれるのですね。パロにはまたあらたな試練も待っていましょうし――別れも、また出会いも待っていましょう。ケイロニアでは、あなたの親友と、何ものよりもあなたを愛しているあなたの父が、あなたの帰りを首を長くして待っていますよ。――そしてあなたの不貞な妻もね」

「不貞……な妻だと」

「そう、彼女はつねにあなたにふさわしくない。だが、それもまたあなたの運命なのでしょうし——この次にサイロンに戻れば、おそらく彼女とのあいだにもいろいろな悲劇が勃発するでしょう。いや、私は予言をしようというのではありません。あなたに、少しでも、欠落してしまっている記憶にいたる扉をあけて差し上げられればと思っている。あなたにある程度の記憶をなら、取り戻させることのできる装置は、私のところにあるのですよ」

「何だと」

グインの目が光った。だが、グインは用心深く云った。

「それは本当か。コングラス伯爵」

「本当です。あなたの脳は我々のそれと同じ、マザー・ブレインによって介入され、コントロールされている者の脳ですからね。この城の奥にひそめられているホスト・ブレインに接続することによって、あなたの記憶巣はかなり整理し、再構築出来るはずですよ。せっかくこの城を久々に訪れてくださった賓客なのですから、そのおもてなしの意味をこめて、あなたに記憶をお返しして差し上げましょうか。すべてが戻るかどうかはわかりませんが——どのくらい、あなたの故郷があなたの追放にさきだってあなたの脳にブロックをかけているか、それは私にはわかりませんからね——でも、かなりの部分戻るはずですよ。如何です、いまあなたはとても不安に思っておられる。記憶を取り戻せばパロにゆかれる必要性もなくなる。あなたは一刻も早く本当はケイロニアに戻らなくてはいけなくなりますよ、まもなく。——ここにいても、私は一応中原の事情については、いろいろと気を配っていますからね」

「それは……どういうことだ？」

「いまは何も申し上げないほうがいいでしょう。あなたは、御自分の目でみて判断なさるほうがいい。ことに、いまのあなたは、ですね——でも記憶が戻ればパロにゆく必要はなくなり、ケイロニアでのあらたな試練に立ち向かうことが早く出来るようになる。たぶん一刻も早く戻られたほうがいいでしょうね。ケイロニアにあらたな危機が忍び寄っている、とは申しませんが、あなたの結婚生活についてはそうかもしれませんからね」

「謎めいたことを。そのようなことばをきくと、やはりおぬしも魔道師や、あの奇妙な連中の仲間なのだと思えてくるな」

グインは苦笑した。

「これは恐れ入ります。だが、如何されますか。記憶の整備をちょっと試してみられますか。すべての記憶がうまくきちんと一回で戻るとは思えませんが、少なくともいま探しておられるような——ここに到着してからの記憶は戻ると思いますよ。それは一番表層のデータですから」

「…………」

グインはしばらく考えた。

それから、決然とかぶりをふった。

「いや。そういっていただく御厚意はかたじけないが、それは結構だ、コングラス伯爵」

「おや」

「おぬしを疑っているわけではない。おぬしが好意からそう云ってくれているのだろうということは俺にはなんとなく感じられる。だが、いまは——俺は、どのような人為的な方法ででも、おのれの記憶を混乱させたくないのだ。マリウスにはいろいろな話をきいたが——それも知識としてはちゃんと記憶したが、どれもまだ俺には実感はない。だが、おのれの身におこってゆくことを通じて、少しづつ、ほんの少しづつだが、俺の自我はまた、それこそ再構築されつつある。俺としては、そのほうを信じたい——人工的な手段で回復させた記憶というようなものは、俺には絶対に信用できぬ。それをしてくれたおぬしをではなくて、おのれ自身のよみがえった記憶をたぶん俺は信じられぬだろうと思うのだ。それゆえ、俺はやはりパロにゆく。パロにいっても、それで記憶が戻るのかどうかはわからぬ。だが、もしも戻らぬならばそれはもうそのとき、俺はまた、あらたにそこから出発する存在として生きてゆく以外にはありえぬだろう。——その意味では、俺はまだ、おぬしよりは幸運だ。そのあくなき折り返しは逆に、俺自身にはわからぬのだからな。記憶そのものが失われてしまうのだから」

「そう——ですか。それもまたよいでしょう」

コングラス伯爵はふっと笑った。その微笑はなぜか風のように淋しげだった。

「そう、たしかに、あなたのほうが私よりもずっと幸せなのではないか、という気がしてきます。——それでは、こうしましょう。私のこの城はカムイ湖に面しております。その城のすぐ下の崖の下から、カムイ湖にもう出られます。明日になったら、そこから、船をお貸ししましょう。どちらにせよあの馬どもはもう駄目ですよ。相当にやくざな上にくたびれきっていましたからね。そこから、船で、水路カムイ湖を縦断され、そしてタリサまで出てオロイ湖をまた縦断されることですね。むろん途中で何回かはどうあっても上陸しないわけにはゆかないでしょうが、それでも、クム国内を徒歩で横断されたり、ゴーラ軍の紋章をうった馬車で旅行されるよりははるかに面倒ごとは少ないと思いますよ。これは——あなたに、というよりは、あの美しい歌をきかせて長い長い私の無聊を一夜慰めてくれた青年へのお礼ですね。そして、この、長い死んだような年月に一瞬の新鮮な風を下さったあなたへの。そのくらいしか、私に出来ることはないのですけれどもねえ」

「かたじけない」

グインは心から礼を述べた。

「それは俺にとっては、身にあまる御親切を受けたことになる。何よりのお申し出だ。有難く頂戴したい」

「なんの」

伯爵――それとも、遠いはるかな宇宙からやってきた、孤独な長命族の異星人は、妖しく、だが限りなく淋しそうに微笑んだ。

「そのかわり、いつの日かまた、コングラス城を訪れて、一夜私と酒をくみかわし、語り明かしてください。そのときこそ――あなたが記憶を取り戻しておられたら、もっともっと、聞いていただきたいことなどもいろいろあるものですからね。たぶんそれが何千年先のことになろうと、私は生きて、あなたを待っていると思いますよ。――そのときにはもう、あなたも、私と同じ苦しみや悩みを知るようになっているかもしれませんけれどもね」

4

かくて——

その、翌日、まるで何事もなかったかのようにベッドで目ざめて、そして朝食の席に招かれ、キタラと、それにフロリーには新しい靴ともうちょっと動きやすい衣類、それにかなりの量の、当分間に合いそうな食糧までもそえて贈られて、かれらはあつくコングラス伯爵にもてなしの礼をくりかえして述べたのだった。

グインにとっては不思議とも、あるいは当然ともつかぬ不思議であったことは、リギアが、まるでずっとかれらと一緒に旅していて、先に城に入って皆を迎え入れ、あの晩餐をもともにして、しかもマリウスの演奏会をもともに楽しんだ、という記憶しか持っておらぬことだった。リギアは何ひとつ疑っておらず——ずいぶんおいでになるのが遅いから心配していましたのよ、嵐がひどくて、というようなことを云っただけで、何ひとつそれが作られた記憶であることも気付いていなかったし、マリウスも、フロリーも、むろんスーティも、昨夜はリギアはいなかったはずだ、ということを記憶してはいなかった。それを見ているとますます、ひとりすべてを知っているグインは、おのれがその伯爵の申し出に応えて記憶をよみがえらせてくれるという装置の治療を受けなかったことを、正しかったと思わざるを得なかった。ひとの記憶とはいかにあやふやなもので、またいかに簡単に変改されてしまうものか、という、それは、目の前で見せられる見本のように思われたからだ。

朝食の席では伯爵だけがかれらの相手をし、ヴルスが給仕したが、あのふしぎな銀狼エルリスは姿をあらわさなかった。そして伯爵は繰り返し礼をのべるかれらに愛想よく、いかにも親切な一夜の宿のあるじとしてだけふるまい、そして、出発のだんになると、さらに気前よく、水や酒や、今日の昼夜の食糧などを貸してくれるという船に積み込ませてくれたのだった。

その船は、なにぶん広いとはいえ湖であるカムイ湖をこえるものだったから、小さな帆はついているものの、下にひとつ船室のあるだけの、それほど大きくはないものだったが、それでも、街道に戻ってボルボロス砦からの追手とたたかって切り抜けねばならぬか、と案じていたかれらにとってはまさしく天の助けであった。かれらは――グインはともかく――やはりさいごのさいごまで何ひとつ疑いを持たずに、コングラス城に別れを告げた。いや、むしろ、最初あった若干の懸念ももうすっかりぬぐい去られていた。それもおそらく、城主の魔道のなせるわざだったのかもしれなかった。

小さいがなかなか瀟洒な、船首に大きな白鳥の首と翼が飾りについているその湖をわたる船に、フロリーとスーティがまず、マリウスに助けられて乗り込んだ――マリウスは、朝食のあとにも、キタラの礼と、お名残に、といって城主に何曲か、希望の曲を披露したのだった。そして、コングラス伯爵は、グインに「クムではこれがお入り用になるでしょうから」といって、いまグインのしているよりもさらにフードの深く、完全に頭を覆い尽くせる、ミロクの巡礼とも、縄帯をまわせば魔道師のマントとも見える黒い布のマントを譲ってくれた。

「クムではミロクの巡礼を装われたほうがいいと思いますね。――このミロクの念珠を首にかけておられれば、格好がつきます。それで、業病で顔が崩れているので、巡礼にまわっているとふれこめば、宿はとりにくくなることもありましょうが、疑われることはありませんよ。それにさいわいフロリーさんが本当のミロク教徒でおられるから、何か、同じミロクの巡礼に声をかけられたときの作法などは教えてあげられるだろうし、なんならフロリーさんがかわって答えることも出来るでしょう。一人だけだとあやしまれますから、フロリーさんにもミロクの巡礼のマントをさしあげましょう。これを着て二人で、幸い坊やもいることなので、夫の病気平癒祈願に巡礼をしているミロク教徒の家族だと名乗られればよい。リギアどのがその護衛に雇われている傭兵で、マリウスさんはたまたま知り合って同行している吟遊詩人だと名乗れば、業病をいやがられない限り親切な宿なら喜んで泊めてくれるでしょう。──ただ、クムのあいだはいいですが、パロに入るとミロクの巡礼はきわめて少なくなりますから、かえってあやぶまれます。パロはミロクの聖地とは何の縁もないし、その上ヤヌス教の本拠地で、むしろミロク教にはきわめて冷たいところですからね。パロに入ったらこちらの麻縄を腰帯にしめられ、首からこのまじない数珠をかけて、巷の魔道師見習いだと名乗られればいいでしょう。パロに、いろいろな国の魔道師やその見習いが、魔道師ギルドに勉強にあがるのもまた当たり前ですからね。そのときには、マリウスさんとフロリーさんとスーティ坊やが家族のふりをされることですね」

「何から何まで──こんなにいたれりつくせりにしていただいて、本当にお礼の申し上げようもありません」

マリウスは感動して云った。

「お返しできるものといっても、ぼくにはあの歌しかないんだけれども──それにこんな素晴しいキタラをいただいてしまって……」

「いいのですよ。どうせ、昨夜もいったとおり、そのキタラはここにあっても宝のもちぐされなのですから」

伯爵は、むろんグインと話していたあの夜の不思議な異星人のおもかげなどどこにもない、愛想のよい、だがどこか不思議な、典雅な貴族に戻っていた。エルリスと侍女たちがまったく見送りに出てこられぬことを彼はしきりとわびた。城のそびえたつ崖の下に降りてゆく細い道があり、その坂道をおりてゆくと、もう目の前にカムイ湖がひろがっていた。それは、すぐに対岸が見渡せて、海のように広いオロイ湖よりはかなり狭かったが、それでも充分に大きな湖だった。みはるかす対岸にはいくつもの村落の屋根屋根があって賑やかのようだったが、こちら側はまだそれほど人家もなくてひっそりしている。それに、もう雨はあがっていたが、まだあちこちに朝もやがけむるようにたっていた——もう、早朝という時間でもなかったのだが、さっき雨があがったばかりだ、というかのように、もやもやとあちこちの景色がけぶって見えていた。それはもしかすると、コングラス城の結界のせいではないのか、とひそかにグインだけは思っていたのだが。

「それでは、お別れ申し上げる」

グインは、手をさしのべて、孤独な異星人の男の手をしっかりと握った。コングラス伯爵は目に涙さえ浮かべていた。

「もう、お別れなのですね。——まあ、かえって、これほど短い出会いと別れのほうが、私にしてみれば辛くありません。ともにいる時間が長くなればなるほど、別れの辛さが増すだけなのだ、ということを私は長い暮らしのなかで学びましたから。——また、お会いできますことを」

「ヤーンのみ恵みがあれば。——そして、おぬしの数々の親切は決して忘れぬ」

「なんの、退屈をひと夜はらっていただき、そしてあれほど素晴しい歌を聴かせていただき——ちいさな坊や、などというもののこの世にいることさえも忘れておりましたからね。こんな小さな子供さんを見たのも何百年ぶりのことでしたよ。——子供というのは、いいものですね。希望と、そして明日と未来とにみちあふれている。これで、また、私もいろいろ当分は思い出して楽しむことがありそうです」

「何から何まで、世話をかけた」

「本当に……伯爵さまの御親切には、なんと申し上げていいか……」

「とんでもない。もしこの城がお気に召したら、またいらしてみて下さい。——あのコングラス城への道、という道標さえ見つけだせば——あれは、見たいと思うものの目にしか、あるいは私が見つけてほしいと思うものの目にしか見えないのですが、あれさえあれば、必ず、そのまっすぐ先にコングラス城がたっていますからね。道中、お気をつけてゆかれますよう」

「かたじけない。それでは」

「それでは、グインどの」

伯爵の目に、奇妙な微笑みが浮かんでいた。

「私の申し上げたことをときたま思い出されることです。そしてなるべく早くケイロニアにおかえりになることをおすすめしますよ。——パロにはパロの運命があり、そしてあなたはやはりケイロニア王なのですからね。そのことだけはお忘れになりませぬよう。パロの運命にあまりに介入されることはケイロニアのあの国是にそむくことともなりましょうし」

「肝に銘じよう。伯爵」

グインは笑って、さいごに船に乗り込んだ。そして、伯爵にもらった黒いマントを皮マントの上にかけたまま、帆をあやつってするすると引き上げた。

目のまえには青い湖水がひろがっている。

「すごい」

マリウスが声をあげた。

「グイン、船も操れるんだね」

「わからないが——したことがあるかどうかはまったくわからんのだが、なんとなく、からだのほうが勝手に動いてくれるようだ」

グインは笑った。

「なかなか便利なものだな、俺の頭は。そういう気もしてきた。——おお、伯爵、それでは行きます」

「お別れですね。——また、いつの日か、必ずお目にかかれますことを。私のほうはいつまでも待っていますからね」

「さようなら……」

フロリーがスーティの小さな手をにぎってさしあげさせた。

「さあ、スーティ。伯爵様にさようならするのよ」

「ちゃようならー」

スーティが叫んだ。伯爵は小さな船つき場にうしろにヴルスを従えて、マントをなびかせて立ちながら、グインたちをのせた船がゆらゆらともやいをといて出てゆくのを見送っていた。が、グインがどうやら船が湖水の中央に出てきたのをみはからって、またそちらをふりむいたとき、まるで、一場の夢ででもあったかのように、伯爵のすがたも、ヴルスのすがたも船つき場にはもう見えなかった。

見上げる崖の上には、黒くいくつかの尖塔をそなえたコングラス城のすがたがあったが、それは奇妙にもやもやともやにつつまれているように思われて、その細部はよく見えなかった。それがどうしてであるかは、もう、グインだけは知っていた。あれは結界に包まれた、本当は異次元であるところの城なのだ。

(あの——不思議な異星人は……これからの長い、長い永劫をいったいどうやって生きてゆくのだろう……)

「不思議な人だったねえ!」

マリウスが、グインの感慨をも知らずにつくづくとキタラをなでまわしながら叫んだ。

「本当に不思議な人だったね！　でも、本当によくしてくれてよかった。こんなにうまくゆくことなんて、そうあるもんじゃない！　いったいどうやってこの窮地を切り抜けようかって思い悩んでいて、おまけに大嵐はくるし、追手はかかるし——それが一気にこうやって、水路でオロイ湖まで下れてしまうなんてね！　この船をなんとかして、オロイ湖にまで陸路運べればまたこれでオロイ湖を下れるんだけどな。でもそれはちょっと無理だろうな」

「本当に、不思議なかたで——だのに、これほど何から何までよくして下さるなんて……それもみんなミロクさまのお導きなのでしょうか……」

フロリーはそっと崖の上の城のほうに手をあわせ、スーティの小さな手もあわせさせて拝んでいた。

「何いってるんだよ。ミロクさまなんか何もしてくれちゃいないだろう。してくれたのはみんなコングラス伯爵で——伯爵がよくしてくれたのは、云っちゃ何だけどぼくの歌が気に入ったからと、あとやっぱり、グインのせいだと思うよ。グインのことは最初から知っていたんだもの。——でも、最初は実は、あまり歌を気にいられてしまうと、ぼくだけあそこに残れっていわれるのじゃないかと思ってちょっとひやひやしたよ。——だって、あの人はたぶんルブリウスのほうの趣味も持っていそうだものね。あのエルリスっていう従者はたぶんあのご城主のお気に入りなんだろう。——それにそれは吟遊詩人にとっては当たり前のことだからね。そうやって、ああいう場所で長逗留して、いろいろお相手をつとめながら歌をきいていただいて、飽きてもういらないっていわれるまでそこに残るなんていうことは。でもぼくはそういうわけにゆかないし——」

「まあ、あきれた」

リギアがつけつけと云った。リギアは、自分があのふしぎな棺のなかで青ざめて死体のようになっていた、などという記憶はまったくないようだったし、何ひとつ、そのときの経験はからだにも影響を与えていないようだった。むしろ、よくやすんで、たくさん栄養をとって、あらたに元気一杯というようすだった。むろん、船には、リギアの愛馬のマリンカも一緒に乗せて、ただでさえ狭い船室はそれで一杯になっていたのである。馬車馬たちは馬車とともにコングラス城にとりのこされたままだったが、これらの運命については、あまり誰も心配していなかった。どちらにせよ、それはボルボロス砦からの追手から奪いとった、かりそめのものだったのだから。

「パロに戻っても、リンダさまの前でそんなことを口にされようものなら、リンダさまに卒倒されてしまいますからね。そのおつもりで。——あのかたは、お堅いというわけでもないですけれど、あまりにも世間知らずでおいでになりますからね。——あなたのことはおいとこさんとして、亡くなった御主人の弟御として、それなりに頼りにしておられるんだし――パロに戻ればマリウスさまこそがいよいよ第一王位継承権者なんですからね。パロに戻れば、どうしたって、あなたが王太子に立太子してほしい、というお話になりますよ。いまのところは、リンダさまにはお世継ぎが生まれる見込みはまったくないんですから」

「なんだって。冗談じゃないよ、そんなこと」

マリウスは思わずけしきばんだ。

「ぼくはイヤだからね。そんなことになるんだったら、パロへなんか入らないよ。クムを出るまで護衛していってあげるけど、そこから先はとんずらして、決してクリスタルなんかにゆかないよ。立太子だって？　王太子？　冗談じゃない。このぼくがパロの王太子だって。そんな、本当に冗談じゃないよ。そんなことがありうるわけがないだろう。ケイロニアでなんとか伯爵をおしつけられたのだってたまらなかったのに、王太子なんて柄でもなければ、冗談でもないよ。ぼくはそんなの、絶対ならないんだから」

「ならないったって、あなたはいま現在、たったひとりの、パロ聖王家の王位継承権者なのじゃありませんか」

リギアは手厳しく云った。

「三千年の伝統あるパロをあなたの我儘でおつぶしになるつもりですか。そんなのこそとんでもないことですよ。それこそ冗談じゃないというようなことだわ。リンダさまだって、まわりの重臣たちだって——といってもいまのパロにどのくらい重臣といってていいものが残ってるのかどうか知りませんが、そう、ヴァレリウス宰相だって承知しやしませんよ。レムス陛下が廃王となられ、アルミナもと王妃ともども王位継承権を剝奪されたいまとなっては、あなたが本当にあとにも先にもたったひとりの直属の王位継承権者なんですからね。ベック公もレムス軍に属しておられたから、たぶんベック公ご一族は王位継承権はやはり停止されておられるはずだし。ラーナ大公妃殿下だの、マール公だのというご老体しかあとは残っていないじゃありませんか。——あなたが立太子しなくてどうするんですか。私は、そのおつもりでパロに戻られるんだとばかり思ってましたよ」

「冗談じゃーないよ！」

マリウスは抵抗した。

「絶対、やだからね。ぼくは王太子になんかなるもんか。冗談じゃない。本当に冗談じゃないよ。そのくらいなら本当にここから泳いで岸にわたたって、また身軽な吟遊詩人暮らしに戻ってやる。そのくらい泳げるんだからね——ばかにしてるだろう、リギア。生憎だけどそのくらいなら泳げるんだから」

「そんなこと、ばかにしていやしませんよ。それより、でも聖王家のただひとりの王子だという責任はどうなさるんです」

「そんなの――だからぼくはもう、聖王家の王子アル・ディーンじゃあないんだ。ぼくはただの吟遊詩人のマリウスで……」

「そして、ケイロニアのササイドン伯爵マリウスでもあるということだな。ケイロニア皇帝アキレウスの娘オクタヴィア皇女の夫にして、アキレウス大帝の孫マリニア姫の父親という」

グインは云った。

「それだから、お前は俺の義兄なわけだぞ。それを返上するのなら、お前は俺の義理の兄弟でもなんでもなくなってしまうということになる。それもわかっているのか？」

「そ、それだって――わかっちゃいるってば……わかってるよッ」

マリウスは、わきでスーティを抱きしめたまま、目をまるくしてこのやりとりをきいているフロリーを気にしながらふくれ面になった。

「ああッ、なんだってぼくがそんな目にあわなくちゃいけないの？　ぼくはただの気楽な一介の吟遊詩人になるために生まれたんだよ！　誰もそんな――ササイドン伯だの、聖王家の王太子だのって、ごたいそうなものになりたくて生まれてなんかいやしないんだ。だいたいぼくはそんなものに向いてやしないんだし――にいさまと違って、ぼくの母親はヨウィスの民あがりの侍女だろうってずっといやしめられてきたんだし――あのときはあんなにみんなしておとしめて、いやしめて、兄上とあまりに出来が違うだの、やはりいやしい血のせいだのっていっておいて、いまになって王太子だなんていわれたって。だいたいこのぼくがパロの王太子なんてつとまると思う？　王太子っていったら、そのうちパロの王様にならなくちゃいけないいんだよ！　ぼくが王様になるようなタイプに見える？　ぼくが王様になったりしたらその国は絶対滅びちまうよ。冗談じゃない。

——本当に、冗談じゃない」

「だからって……」

リギアとマリウスがまた、けんけんがくがくとやりあっているのを背中に聞き捨てて、呆れ顔でグインはまた甲板にあがっていった。

そして、帆の具合を直し、固定させてある舵を微妙に調整した。船はちょうど湖上のまんなかくらいに、ちょうどよい追い風をうけてすべり出ており、なかなか快調にカムイ湖を南下していた。そろそろ一番広いところに出てきていたので、両側の岸はかなり遠くなっている。たくさんの小舟、もっとずっと小さな漁師たちの舟や葦苅り舟、貝拾いの舟らしいものや対岸へわたる農民の舟らしいのが、魚の籠だの、刈り取った葦だのをつみあげて、身軽にミズスマシのように水面をすいすいと漕ぎ渡っている。

きのうの嵐が嘘のようにここちよい風が湖上を吹き抜け、空はみごとに晴れ上がって青紫色だった。両岸には緑の森と、そのうしろに山々がひろがっており、まだまだこのあたりはクムの平野には遠いらしい。だが、右側——つまり西岸にはかなりずっと湖水の岸に沿うようにして、小さな集落の屋根が続いていた。

小舟だけではなく、もうちょっと大きな舟も何隻も湖上をゆきかっている。渡し船らしい、屋根だけあって壁のない、ぎっしりと人々をのせた船もあるし、カムイ湖を往復しているらしいかなり瀟洒な白く塗られた船もある。そのなかに、グインたちをのせた小さな屋形舟も白鳥の首と翼を船首につけたまま、波をわけてゆっくりとすすんでいる。

(まずは……これで、クム領内に入った、ということか……)

カムイ湖の湖上のまんなかあたりから、そろそろクム国境となるはずだ。

グインは、ふと、肩ごしに何かの気配を感じた気がしてふりかえってみた。そして、かすかに唸った。

ふりかえると、そこに同じ見覚えのある崖はあったけれども、そこにはもう、コングラス城のすがたはあとかたもなかった。——まるで、あれは本当に一夜だけあそこにあったまぼろしの城だというかのように、それは、どこにももうなくなっていた——あのもやに包まれて、ふっとまた、異次元のなかへ戻っていってしまったのかと思われた。

(コングラス伯爵ドルリアン・カーディシュか……)

彼は、どのような惑星からやってきたのだろう——そして、長命族、と自らいっていた、その世界の文明とは、どのようにこの世界と異質なものだったのだろう。

(なんと、不思議な出会いだったことだろう)

あらためて、昨夜のことどもをグインはひとり、湖上をわたるすがすがしい風に吹かれながら思いかえしていた。

（どのように愛しても心をかたむけても、あちらが愛してくれていても、この惑星の住人であるかぎり、かれらは我々長命族からみればほぼ一瞬にひとしい須臾の短さのうちに、この世を去って塵にかえってゆきます――長命族にとっての最大の問題は《孤独》なのです。――長く生きれば生きるほど、孤独と倦怠にとざされる……）

　伯爵のものうげな、悲哀をたたえた夜の色の瞳がグインの脳裏に焼き付いていた。

（どんなことなのだろう……そのように長命であるというのは。そして、おのれの郷里とまったくかけはなれたこのような世界で孤独に永劫を生きてゆくというのは……）

　所詮、おのれには理解できぬ、とグインは思った。湖上を渡る風は、きのうの夜、確かにコングラス城のあったはずの崖の上を、梢をゆらして吹き抜けてゆくばかりだった。

第四話　湖水を渡って

1

おだやかな風に恵まれて、グインたちを乗せた白鳥の船はカムイ湖を下っていった。

スーティはむろんのことに船旅ははじめてであった。小さなかれにとっては、カムイ湖はそれこそ生まれてはじめて見るほど巨大な、海とそれほどかわらぬほどに大きな水に見えたに違いない。スーティはフロリーとの暮らしのなかで、雨が池をフロリーに連れられて渡ったことはあったけれども、それはかよわい女のフロリーの腕でさえ漕ぎわたれるほどのささやかな池に過ぎなかった。湖、と呼ぶにはあまりにも可愛らしかったであろう。

それゆえ、カムイ湖はスーティを熱狂させた。フロリーはスーティが岸が左右どちら側にも遠くにしか見えず、途中まで出てくればもううしろにも前にもまったく見えなくなるこの湖を小さな船で渡ることを怖がりはせぬかと案じていたが、それどころか、スーティは、この船旅の冒険が好きで好きでたまらぬようであった。スーティは、フロリーが何度も「危ないから船室に入っていらっしゃい」と叱るのにも耳を貸さずに、夢中になって甲板に這い上がり、グインのかたわらにへばりついてあちこち眺め回していっこうに飽きるようすがなかった。

そのつぶらな瞳はきらきら輝いてものみなすべてに向けられ、憧れにみちて何もかもを見上げていた——その憧れの頂点にはむろん、となりでがっしりと舵を操っているグインの姿があったのだが。

「へえ……スーティときたらこの湖に夢中だね」

感心してマリウスが叫んだくらいだった。マリウスのほうはまた、ずっと船室にこもりっきりで、ようやく手にいれた最高のキタラを抱きしめっぱなしで、ずっとそれをなでたりさすったり、つまびいたりしていたのだが、フロリーがスーティを心配するので、しょうことなしに途中でやめて甲板にあがってきたのだ。

「それに、この子、全然船酔いしないんだね。——こんなに小さいのに、こんなに船を怖がらないなんて、やっぱり珍しいんじゃやない？」

「もしかしたら——お父様の血は争えないのかもしれないわね」

さしものリギアも感心して云った。

「お父様の血？」

「そうですよ。だってイシュトヴァーン王はもとをただせば沿海州のヴァラキアの出身でしょう。——うんと若いころには海賊として暴れ回っていたという話も聞いたことがあるわ。たぶんその血がスーティにも流れているのよ」

「まあ……」

フロリーは口に手をあて、感心するとも、おそれるともつかぬ微妙な表情でスーティを見つめた。おとなしくつつましやかな彼女には、そうしてわが子が否応なしに、あまりにも波乱の人生を歩んでいる父と同じ道を歩んでゆこうとしている、と思うだけでも、胸がわななくようであった。

スーティはなかなかしっかりした子供で、甲板にあがってくるのも慎重につかまりながらであったし、二歳半の年齢のわりにはからだも大きかったしあちこちもよく発達していたが、それだけではなく、普通のその年齢の子供のように、自分の動きをわけもわからず制御できなくなるようなことはせぬように、気を付けているようだった。甲板に出ても、グインが注意せずとも手すりから身をのりだして下をのぞくようなことはしなかったし、移動するときにはしっかりと手すりにつかまっていた。そして、湖面を覗き込みたいときにはグインにつかまって、グインに支えられながらそっとのぞきこむのであった。そのようすはだが、逆にかえって、父であるイシュトヴァーンの無鉄砲さよりもむしろ慎重であるようにさえ見えて、まわりのものを笑わせずにはおかなかった。何をいうにもごくごく幼い、赤ん坊からまだ脱しきってもいないような幼児が、そうしてしかつめらしくふるまっているのは、なんとも愛らしく、みなの笑顔を誘わずにはおかなかったのである。

だが、それで、船旅になると同時に旅はとても安全な、それにのどかなものになったように思われた――むろん、グインは、それほど手放しでまだ安心しているわけではなかったが、ほかのものたちは、リギアでさえ、もうこれでほとんどこの旅のもっとも危険な部分は脱した、と信じかけているようであった。

それも無理はなかった――いつどこで誰とすれちがい、誰に追われるかわからない街道の旅と違って、水路の旅では、ずっとこの船に身をたくしていればいいのだ。

このあと、カムイ湖の南端であるタルガスからタリサへは、人工の水路が続いてはいるが、そこはこんなに大きな船は通れないはずである――それはマリウスのちょっと前の知識ではあったが、そののちそれほど大きな工事が行われたという話もきかなかったのだ。だがカムイ湖からオロイ湖へ、また少し小さいボア湖など、たくさんの湖と河川がひろがっているクムは、水郷としての特殊な技術がさまざまに発達している。タルガスータリサ間の細い水路を通れないような船を、陸路、船を運ぶ特殊な荷車にのせて、タリサへ運び、そこからまた今度はオロイ湖の湖水に船を浮かばせてオロイ湖を乗り切る、というような商売も、そこでは発達しているそうだ、というのもマリウスの知識だったが、もしそれを使うことが出来れば、この船でそのままオロイ湖を縦断することもできる――そうすれば、オロイ湖の南端のヘリムや、南西端のガナールから、すぐに今度はクム国境をこえて、パロとクムのあいだにひろがる自由国境地帯に入ることも可能なのだ。

もっとも、そこにゆく前に試練がひとつある――それは、船のなかにそなえつけてあった海図――正確には湖水図だったが――と地図とを使って、さきほどさんざん、グインとリギアとマリウスとが協議したことだったのだが。

その試練とは、クムの首都ルーアンそのものにほかならなかった。カムイ湖から、タルガス－タリサに抜け、そこから入るのは、オロイ湖の北にくっついているオロイ湖の子供のような小オロイ湖だ。そしていったん小オロイ湖はすぐに渡りきって、そのいわばひょうたんのくぼみのようになっている部分に、水の都ルーアンがそびえている。ルーアンは小オロイ湖と大オロイ湖のはざまに位置していて、水の都の名どおり、そこでの交通の大半が水路を使って行われている。大オロイ湖を縦断するためには、まずどうあっても、このルーアンを無事に通り抜けなくてはならないのだ。だが、さすがにクムほどの伝統ある大国の首都だ。警備もきびしかろうし、その周辺の人口密度はきわめて高い。人が大勢いて、そしてひとと接触する機会が多ければ多いほど、ことにグインがその正体を見破られる危険は増大すると思わなくてはならぬだろう。

「だけど、それじゃあタルガスから陸路を通って、オロイ湖畔づたいに南下しても、ここはまたとびきり人口の多いあたりだからねえ。おまけにゆきつくのは快楽の都タイス――あそこはまたとびきり風紀の悪いところで知られているときているし。といってオロイ湖の西岸ぞいに下っていったらどっちにしてもルーアンをこえなくてはならなくなる――うーん。どっちにしてもどこかでは、人混みのなかに入らなくちゃならなくなるんだなあ」

「それなら、小オロイ湖は迂回して――つまりタルガスでこの船を捨てて、そしてそうですねえ、ルーエのあたりから、また船をなんとかして、それでオロイ湖を乗り切ったらどうでしょうね。それなら、タイスにも、ルーアンにもゆかずにすむけれど」

「それはぼくも考えたんだけどねえ――でも、この船が手に入ったのだって僥倖みたいなものなんだから……いまは、そんな、ルーエで新しい船を借りるようなお金は、たぶん――ぼくたちにはないよ。少なくともぼくとグインにはないし、フロリーとスーティにもない」

「もちろん私にもありませんけどね。といって、追い剝ぎを働くわけにもゆきませんねえ」

リギアは云った。

「それじゃこれも駄目か。じゃあ、やはり一番いいのはなんとかしてルーアンだけ、人目を避けて通り過ぎられて、そのあとはオロイ湖をまっすぐわたってヘリムに出ることですかね。ガナール、ムラトよりもヘリムのほうがいいでしょうね。こっちのほうが人口は少ないはずだから」

「まあ、ともかく、行けるところまでいってみて、あとは臨機応変でゆくしかないかな」

マリウスは肩をすくめたのだった。

「とにかくいまここであれこれ考えてみても——いまのクムの情勢が本当はどうなっているかだって、ぼくたちにはわからないんだもんね。それを考えたら、ここでいまいろいろなことをいってたって、確かにしょうがないんだ。——まあ、出たとこ勝負ってことかな」

「まあ、それしかないでしょうね」

リギアも賛成した。

「でもそれにしても、とにかくボルボロスのあたりを逃亡していたときよりはずいぶん条件はよくなったはずですよ。だって、ここしばらくは、少なくとも、私たちの事情を知っている人たちは誰もいなくなるはずなんだから。——クム国境をこえてしまえば、ボルボロス砦のゴーラ軍だって、そう簡単に追いかけてくるわけにもゆきませんからね。逆にそうやってきたらこんどはそっちが国境侵犯でクムの国境警備隊に追われる立場になってしまう。その意味じゃあ、ほんの一日前とは、ずいぶん私たちの立場は好転しているはずなんです」

「ただ、万一にも、何かのはずみでクムの上のほうの連中に、ぼくたちのことが知られてしまわなければだな」

マリウスはまるで湖水をわたる風が、ゆきかう船にこの話し声を運んでいってしまわぬか、というかのように警戒的に声をひそめた。

「ぼくたちのどの一人のことでもいい。それだけでも知られたら、もう、クムからも旧ユラニアからも――どこからでも、どうあってもひきとめようと追っかけられるいわれは充分なんだからね！」

「まったく、考えてみればみるほど素晴しい組み合わせであることですね」

リギアも賛成した。

「どのおひとりをとったって、氏素性が知れたら大変な騒ぎになるひとばかりですこと。ひとりは失踪してその行方をケイロニア宮廷が狂気のように探し求めているケイロニア王。もうひとりはケイロニア皇帝の娘婿にして、パロの王太子になるかもしれぬ、パロの王位継承権者。そしていまや中原の脅威の象徴とさえなっているゴーラ王イシュトヴァーンのおとしだねとその母親。――まあ、せいぜい、もと聖騎士伯の私が一番問題ないていどで、あとのひとはどの人でもその秘密を知られたらどこの国だって必ず大騒ぎになってしまうでしょうからね！　しかもどの人もこの上もなく目立つと来ているし」

リギアは首をふった。

「いやいやいや。それを考えると私も本当は、何があろうとこうして湖水の上で、安全に船の船倉の船室にひそんでいてもらうのが一番間違いがない、と思えて仕方ないんですけれどもねえ。でもそれがずっと出来ないから困るんだな。でも、とにかく、クム南部はとてつもなくにぎやかなところがずっと続いています。馬車を仕立てて下っていっても何日も泊まりを続けなくてはならないですから、そのたんびにいろいろと緊張したり、申し合わせを考えたりしなくちゃならない。そう考えると、やっぱり本当はオロイ湖を船で渡るのが一番いいんですけれどもねえ。ヘリムからなら、ちょっとはへんぴになるんだけれども。裏街道だってないわけじゃないだろうし」

「とにかく、人里に出たら、こんどはグインには頼ることが逆に出来づらくなる、っていうことだね」

マリウスは結論づけた。

「むろん実際の腕立てになったら、グインの腕っぷしにものを言わせてもらわなくちゃならないだろうが、それまでは、どうあれぼくとリギアがあれこれ才覚してしのいでゆかなくてはいけない、っていうことだ。まあ、なんとかなるだろう。それはぼくの本業みたいなものだから」

「確かに、そうでしょうね」

リギアは云ったが、あまり感動したようにも見えなかった。

ともあれ、少なくともスーティだけはこの短い船旅を満喫してこの上もなく楽しんでいたし、また、ほかのものたちも、グインも含めて皆、しばしの安全な旅にほっと肩の力をぬいていたのも確かであった。だが、カムイ湖を下ってゆく短い旅は、あっという間に終わった。

「おお——岸が見えてきた」

甲板に出てきたマリウスが叫んだとき、それはまだ、船を出してから、まる一日とはたっておらなかった——せいぜいが、四ザンというところだっただろう。もっと強い風に恵まれていたら、さらに短くてすんだかもしれない。

「タルガスだ」

左岸の少し湖水からははなれたところにそびえている、かなり大きな砦を指さして、マリウスが叫んだ。タルガス砦はカムイ湖南端の東側、小高い丘の頂上にたつクムの砦である。いや、それは時としてモンゴールの砦であったこともある。実質的に、そこがモンゴールとクムとの最大の国境をなしているのだ。それゆえ、モンゴールとクムがぶつかれば、ここが最大にして最初の衝突点となる。

モンゴールが屈すれば、タルガス砦はクムの守備兵のたむろするところとなり、モンゴールがクムに攻め込むときには最初にタルガス砦が陥落してそこにモンゴールの旗があがり——いまは、ゴーラとクムとの協定により、タルガス砦はクムの領地となっている。だが、それもいつ、くつがえるかも知れぬ。

そして、タルガスからこっちは全面的にクムの領土となる。その北の国境線を決めているのはカムイ湖であるが、カムイ湖の西岸、つまりカムイラルやクロニアなどはまったく問題なくクム領であったけれども、それではカムイ湖そのものはどちらの国家に帰属しているのか、という点についても、これはかなり微妙であって、もしもクムとモンゴール——ないしゴーラ領旧モンゴールとのあいだに領地をめぐる紛争がおきるとすれば、いつもつねに最大の火種になりうるのはこのカムイ湖周辺であることは間違いなかった。

じっさいには、いま現在は、モンゴール大公領は存在しなくなっているし、旧モンゴールを制圧しているゴーラ軍は、このようなクムとの国境線ぎりぎりまで多くの兵を駐屯に割けるほどには軍事力をもっていない。それゆえ、なしくずしにタルガス砦はクム兵の駐屯するところとなっているし、それ以前に、そもそも大公領モンゴールが潰滅したときに、これ幸いとクムはそこに兵をすすめたのだった。その後はモンゴールも変転の運命をたどり、最終的にはゴーラ領となったときに、旧モンゴールの残党たちはみな、あちこちの地方に身を隠した。なかにはこのあたりまできたもののもいるかもしれないが、大半はオーダイン、カダインの肥沃な農村地帯に身をひそめたので、クムはそのモンゴールの乱れに乗じても、じわりじわりと国境線を動かしている。

ヴラド大公健在なりしときには、カムイ湖のまんなかに線をひいて、そこがモンゴール－クム国境となす、というような話し合いと協定がなされたこともあったのだった。

だが、いまとなっては、カムイ湖はすべてクムの領土である、とはクムがかねがね主張してやまぬところなのである——もっとも、船でそこを下ってゆくグインたちには、そこまでの知識はなかった。

だが、あまりおおっぴらにゴーラを刺激したくない、というのがタリク大公の方針であったので、カムイ湖周辺の国境としての警備はそれほどかたくなかったのが、かれらにとっては幸いであった。ようやく見えてきたタルガス——そしてそのさきにひろがるタリサ水道をのぞみながら、船のへさきに集まったものたちは、これからどうしたらいいかをまたしても考えていた。いよいよ、なんらかの決断を下さなくてはならぬときがきたのである。

あたりは、タリサ水道が見えてきたあたりから、一気に、これまでと様子を変えて、いかにも水の国、水郷らしい様相を見せ始めている。カムイ湖畔は、ことに南半分は両側にかなり耕作地や果樹園がひろがっているといいながらもその彼方にはまだボルボロスからガリキアにいたる山なみが見え、のどかな田園風景はそのかなりけわしい山々でさえぎられている。だが、ガリキアを越えるとともに、しだいに平地が広くなり、そしてあちこちにはりめぐらされた大小さまざまな水路が見えてくる。パロのイラス平野、南パロス平野などの広大な平野と異なり、クム周辺の平野はどちらかというと、すぐに湖にさえぎられる狭い平野がさまざまなかたちで続いている。そしてタルガスからはまたいして高くはないとはいえボア山脈が、モンゴールとクムとのあいだにたてた天然の屏風のように続くのだ。

「グイン、船、どこの船つき場につけよう？」

「そうだな」

グインは太い腕を胸に組んだ。迫り来る対岸をじっとにらみすえる。カムイ湖は南端で極端に細い入り江になっている。そこの左右にいくつもの桟橋があるが、それはいずれもこの周辺の漁夫たちのもののようだ。このあたりでよく使われる、カムイ湖を船が下っているあいだにも、この船のまわりをちょろちょろと走り回っていた、屋根のない小さなほっそりとした、先端が大きくまがって上に突きだしている小舟がそこにいくつもつながれている。その小舟をこのあたりでは「グーバ」というのだ、ということを、グインはマリウスに教わっていた。

「あのこちらから四つ目の桟橋は公共のもののようだよ。あそこにとめて……でも東岸にあがったほうがいい？　もしも陸路をとって東ルーアン道を通ってルーエまでゆくんだとしたら、西岸に船をもやってしまったら、またタリサ水道を渡らなくてはならなくなる」

「そうだな。では、東岸につけよう」

グインは決断を下した。そなえつけの長い棹をあやつり、あいだをあけていくつも並んでいる桟橋のひとつに船を近寄せてゆく。桟橋が近づくと、マリウスが、飛び降りようとするグインを制してすばやく船から桟橋に飛び移り、そしてグインの投げた縄をたぐって、桟橋の柱に船をつなぎとめた。

かれらは無口になっていた——これからいよいよまたあらたな冒険がはじまるのだ。もう、いま陸に上がって踏みしめるのはクムの地である。グインはふかぶかと、コングラス伯爵の心づくしのマントのフードをおろしたまま桟橋におりると、船の上のリギアの助けをかりてまずスーティを抱き下ろし、それからフロリーをかかえて桟橋に下ろした。スーティは、船の旅があまりにも短く終わってしまったことが不満そうであった。

「ぐいんおじちゃん、おふねおしまい？　もうおふねおしまい？」

一生懸命、グインの手を引っ張ってきく。フロリーがあわててスーティを抱き寄せた。

「スーティ。いいこと。これからは大きな声でグインおじちゃん、と呼んではいけないのよ。ただ、おじちゃん、とおっしゃい。でないと、おじちゃんがこわい目にあうかもしれないのよ。いいこと、これからは、決してグイン、と呼ばないようにね」

「……？」

それはスーティの二歳半の頭には難しすぎたらしい。けげんそうに首をかしげたが、しかしフロリーの必死の目のなかに何か感じるところがあったのか、そのまま心配そうに口をつぐんで母親に抱かれていた。

マリウスとリギアとが協力して、キタラや荷物をおろした——さいごに、桟橋をなんとかしてマリンカにわたらせる、という大事業があった。マリンカは聡明な馬ではあったが、水の旅にはすっかり怯えてしまっていた。そもそも船にのせるにも、目かくしをして、リギアが慎重に誘導して船のなかに連れ込まなくてはならなかったのだが、降りるだんになると、さらに不安がっていなないたり、あわや暴れ出しそうになるので、リギアは必死にくつわをおさえながら、なんとかして細い渡し板を渡らせて狭い桟橋にマリンカを導いてやらなくてはならなかった。マリンカに思いのほかに時間がかかったが、とりあえず、ようやく全員が陸の上にあがって、一息ついた。

「とりあえず伯爵が船に積んでくれた食糧やなんかもみんなおろしてしまったけれど、どうしよう。さっきの話のように、タリサ水道にそって、タリサまで船を陸路運んでくれる店を探しにいってみようか？」

あたり一面にひろがる水のにおいをかぎながら、マリウスが云う。

「この船はそんなにけたはずれに大きいわけじゃないから、とても馴れている船頭がいるなら、たぶんなんとかタリサ水道を抜けて小オロイ湖に入れるんじゃないかと思うんだけれどね。でも、船の大きさそのものよりも、船の操作が出来ないから、それはぼくたちじゃあ無理だと思うよ。どうだろう、誰か、このへんに詳しそうな船頭を見つけて相談してみようか」

「それが一番いいようだな」

「それまで、でもどうしている？　まだ夕方までは少しあるけど、でもどっちにしても今夜はタルガス周辺で泊まることになるかな。でないと、タリサ水道はきっと夜は抜けるのは無理だよ。——宿屋を探してみる？」

「いよいよ、俺ではいろいろなことがかなり不自由になる場所に入ってきた、ということだな」

グインはうっそりとマントを引き下げながら云った。

「では、私が宿屋を探しましょうか」

リギアがてきぱきという。

「マリウスさまには船頭のほうをあたってみてもらいましょう。私は宿屋が決まったらみんなを落ち着かせて、それでこの桟橋に戻ってきてますから、マリウスさまも、船頭なり、陸路なり、そのへんの決着がついたら、この桟橋で会いましょう」

「わかった。じゃあいってくる」

マリウスはもはや命の次に大切になってしまった伯爵のキタラをしょったまま、素早く桟橋から湖畔のいくつかの漁師宿のほうへ歩き出した。それを見送って、リギアが念を押した。

「いいですか。私が戻ってくるまで、ここにいて下さいね。マリンカはおいてゆきますから、見張っていてください。すぐ戻ってきますから、決して動かないで」

「ああ」

リギアも足早に、湖水にそっていくつか立ち並んでいる建物のほうにむかってゆく。湖水のすぐ目の前には湖水をとりまくようにして道が走っているだけで、建物はないが、その道の向こうには、いくつかの大小さまざまな宿らしいのや、人家がいろいろ並んでいて、そしてさらにその向こうに細い道が走っており、その向こうには小さな集落がいくつかあるようすだ。カムイ湖から出ている細い水路が、その道と平行して集落にむかってのびている。そんな細い水路にも、小舟グーバの姿があって、ひょいひょいとたくみに狭い水路をすれちがいながら、船首に立って長い棹で小舟をあやつる船頭たちがみえる。

リギアとマリウスがいってしまうと、グインとフロリーとは不安がってなんとなく神経質になっているマリンカを見張り、スーティをあやしながら、待っているしかなくなった。それは、待つ身にはひどく長い不安な時間であった。

2

もしも、多少はようすが知れている場所であったのならば、もうちょっとは、不安も少なかったに違いない。

だが、グインにはむろん、まったく生まれてはじめての異国であったし、スーティもそうであった。フロリーはクムははじめてではない、といったが、詳しいわけではなかった。

「わたくしは……アムネリスさまのお供として、黒竜戦役にモンゴールがやぶれたときにとらえられ、クムに護送されて——そのまま、ルーアンの先のバイアというところに幽閉されてしばらくアムネリスさまのお世話をしていたのですわ。それだけです。ですから、私が知っているのはバイアのアムネリア宮ばかり——そのほかのクムのことはなんにも知りません」

船のなかで、不安そうにフロリーはそう云ったのだった。

スーティはしかし、よほどこの子は度胸が据わっているのだろうとひそかにグインに舌をまかせるくらい、ふつうの子供のように不安がって騒ぎ立てたり、大声をあげたり、駄々をこねて困らせる、ということを一切しなかった。まるでこの子には、どうすればもっとも大人たちに協力できるかが、最初からわかっているかのようであった。それに、スーティは、船を下りてしまったのはこよなく残念そうであったが、まわりの景色がまた、ひどく物珍しく、それだけでも充分に楽しくてたまらぬようであった。また、確かにクムの景色は、このあたりではまだ本当の、もっともクムらしい風景だとまでは云えなかったにせよ、とても見慣れぬものの目を愉しませるものであったのは本当だったのだ。

太いタリサ水道をまんなかに、そのまわりにも細い水路が網の目のようにあちこちにのびていた。道路と水路とがどちらもこのあたりでは同じように使われているようであった。道路と水路が交叉するところでは、たかだかと高い橋がかかっている。橋の上から、水路をゆく小舟に声を掛けている物売りもいれば、逆に小舟にいろいろなものを積んで、水路をゆっくりゆきながら岸の人々にものを売っているものもいた。のどかなこのあたり特有らしいかけ声が、小舟がゆきかうたびにかわされる。それは「ヨーイー」「ホーイー」と聞こえた。通り過ぎるときに、片方がそう声をかけ、もう一方がそう答えてすれちがうのが、このあたりの礼儀——あるいは慣習になっているらしい。

それに、その舟をあやつっている船頭たちの服装も、きわめて異国ふうなものになってきていた。コングラスから船に乗り込んだときには、まだ、それほどきわだっていなかったのだが、いまこうしてタルガスに上陸してみると、そこはもうまったくのクム風俗に席捲されているようだった。

小舟をあやつる男たち——なかには女の船頭もいたが——はみな、丸いまんじゅう笠をかぶっており、それほど季節がいいわけでもないのにみな上半身は裸だった。そして、短い膝の上までのズボンをはき、からだは毎日そうして出しているからだろう、日にやけて真っ黒だった。それが、濡れぬためにはもっとも合理的だったのだろう。女の船頭は一応薄い、前であわせる袖なしの上着のようなものは着ていたが、肩からさきは丸出しだったし、下は男たちと同じ短いズボンだった。そしてまんじゅう笠も同じであった。

小舟に乗っている相棒の物売りの女などはまた、なかなかに面白い格好をしていた。ふくらんで足首でぎゅっとしまっている派手な色あいのクムふうのズボンをはき、胸のところは派手な布で胸あてをつけているが、胴はまるだしである。そして髪の毛はたかだかとゆいあげ、その上からこれも必ず何かの笠をつけていた。笠から顔の周囲にすける布が垂れているのはどうやら未婚の女性らしい。

「ホーイー」

「ヨーイー」

ものうげなかけ声がとびかう水郷の光景に、スーティは心の底からびっくりしてしまったかのように目をまん丸くして眺めていた。グインはコングラス伯爵の助言を思い出し、親切にもそろえてくれたミロクの念珠をとりだしてマントの上から首にかけ、そしておのれの巨体があまり目立つことのないよう、桟橋から降りたすぐのところに、マリンカをつないだ柱のかたわらにうずくまっていた。

スーティは、フロリーのスカートのすそをつかんだまま、口をあいて飽きることなくあたりの景色に見とれていた。そして本当はいろいろと母様に報告したくてしかたがなかったのだが、どうやら、あまりいろいろと口をきくと怒られそうだ、ということがわかってきたらしく、懸命に口をつぐんでいようとつとめるあまり、右手の親指を深々と口に吸い込み、ちゅっちゅと音をたてて吸いながらまわりのはじめて見る景色を見つめていた。

ひっきりなしに、カムイ湖からタリサ水道へ入ってゆくグーバが目の前の湖水をすぎてゆく。南端のあたりはとても狭くなっているので、タリサ水道へ入ろうとする舟は順番待ちで、そこだけ長い列が出来ていた。グーバだけではなく、グインたちの船くらい大きいものもあったし、それも同じようにたくみに棹でこぎながらタリサ水道へ入ってゆく。水道はまんなかのあたりで細い篠竹が点々と垣根のように突き刺されていて、それが、東側の水路は小オロイ湖へゆくもの、西側の水路はカムイ湖へ入るもの、というように、のぼりとくだりを分けているようだった。そうでなければ、これほどたくさんの船がごたごたと往来するのだから、危なくてたまらないのだろう。

これほど船や小舟がたくさん往来しているというのに、なんとのんきにもその湖岸で釣り糸をたらしたり、たも網で何かすくおうとしているものなどもいた。また、岸辺でしきりと葦を刈り込んで、ひとかかえぐらいづつたばねては、グーバにのせている男女は、これはもうこの南岸だけではなく、船を出したとたんからずっと、湖岸に近いところではことにひんぴんと見かけられた。それはこのあたりに住む漁師の家族のもっともありふれた副業だったのだろう。

その、刈り取られた葦が何に使われているかもきわめて明白だった——グーバでゆきかうものたちのまんじゅう笠も、またグーバの積み荷にかけられているむしろも、それに岸辺の小さな民家の屋根屋根も、残らず、太いアシをあんだむしろで出来ていたからだ。それはずいぶんと雨風をしのぐにはもろそうだったが、このあたりの連中はそもそもそんなことは気にもとめないのかもしれなかった。

グーバの半分以上は何か物を売る物売りの舟で、そのものたちはひっきりなしに、客をもとめて売り声をあげていた。また、大きなびくや箱をたくさん乗せて、どこかに何かを売りにゆくか、売って帰ってきたところか、と見えるものたちも多い。

グインはノスフェラスで意識を取り戻して以来、このような、人里にまぎれもないところに足を踏み入れるのは実はこれがはじめてであったので、そうとはフロリーたちに

――ことにスーティには見せぬように気を付けてはいたが、相当に実は緊張していた。グインにとっては、無理からぬことでもあったのだが――フードを深くひきさげてマリンカのかげに隠れるように座っていても、通り過ぎるグーバの船頭や、桟橋へと降りてくる人々の目が、こちらに集中しているように思われ、その目がただちにいぶかしさに見開かれるように思われ、おちついて見せてはいても、グインの手のひらにはびっしりと汗が滲んでいた。しかも、クムの住人たち、というのは、グインにとっては、本当はフロリーなどよりもいっそう、はじめて見る異人種であった――顔つきもクムの住人たちは東方系が入っているから、目がつりあがり、わりとひらたい顔をしている。身なりも相当に東方っぽく、中原のなかではかなり異色といえる。

これまでにグインが知ってきたのはノスフェラスのセム族やラゴンたちであったり、ついで黄昏の国の妖魅たちであり、それからイシュトヴァーンとゴーラ軍であり、モンゴールの抵抗勢力ハラスたちであり、そして草原の放浪者スカールの手兵たちであった。むろんグラチウスのようなものは例外としてであるが、かれらはみな、基本的には――セムやラゴンや妖魅は別として――中原で平均的とされる衣類を身につけており、それはそんなに大きく変わっているものではなかった。スカールとその部の民たちがかなり異色だとはいえたが、それは逆に、かれらがはるかな草原の民である、ということで充分に納得のゆくものであった。

ゴーラ軍とモンゴール人たちには、じっさいほとんど区別はなかった、ともいえる。もともとが、モンゴールはゴーラ王国の領土でもあったのだし、それにどちらにせよ、かれらはどっちもよろいかぶとを身につけていて、それにはそんなに変化のありようはなかったからだ。その意味ではアストリアスの一隊も同じであった。フロリーも、そしてガウシュの村人たちも、いたって質素で粗末なものを身につけていたが、それはハラスの仲間たちとほとんど同じような衣類であった。

それゆえ、腹を出したり、思い切りズボンのすそがふくらんでいたり、けばけばしく目のふちを緑色に塗り立てたり、頭の上に塔のような髪の毛を結い上げたクムの風俗は、新鮮であることもこの上もなく新鮮だったが、同時に、なんだかひどく遠いところへきたような感覚をグインにおこさせていた。同時にそれは奇妙に、懐かしいような感覚をおこさせた。

(俺は……あのような服装の女たちがもっとたくさんいるところを……見たことがあるのだろうか……なんだか、見覚えのあるような気がするが……)

にぎやかに笑いさざめきながらグーバに乗って、まんじゅう笠の船頭に送られてゆく、娼婦かなにかとさえ思われる派手派手しい女たちを見やりながら、グインはしきりと記憶の切れた糸をたぐろうとしていた。

だが、グインの恐れはかならずしも杞憂というわけでもなかった。馬と、そしてなかなか可愛らしいフロリーとその幼い子供、そしてそのかたわらにうずくまる、ミロクの巡礼姿の大男、というこの奇妙な組み合わせは、けっこう、とてつもなく人目をひいているのも本当のようだった。グーバの上からでは、それほど詳しくじろじろ見るゆとりもなかっただろうが、桟橋に降りてゆこうとするものたちはみなぎょっとしたように足をとめてグインを見つめ、何だろうというように上から下まで見つめるので、グインは生きた心地もしないくらいだった。

リギアが戻ってくるまでがとてつもなく長く思われた。だが、じっさいにはリギアがいなかったのはほんの半ザンくらいの時間にしかすぎなかった。

「遅くなってしまって。ちょっと探すのに手間取ったものですからね」

リギアは出かけたときと同じところに同じ姿勢でかれらが待っていたことにひどくほっとしたように、手をふりながら、桟橋の出口のところに走り戻ってきた。

「いい宿が見つかりましたよ。ちょっとここから少しばかり歩くんですが、今夜の夕食と明日の朝をつけて五人で四分の一ラン、それでマリンカの世話もしてくれて、部屋はひと部屋ですが、入浴もできる、というのを見つけてきました。入浴がことに私は嬉しいですね。どうしましょうか、マリウスさまが戻ってくるまで待っていたほうがいいでしょうね。もうここではあまりばらばらにならないほうが」

「……」

グインは、かなりひんぴんと、グインたちの船をとめてある桟橋にもひとが降りてきてグーバを出したり、またグーバがそこにとまってそこに乗り手が飛び降りたりするのを気にしていたので、フードを深々とかぶった頭を大きくうなづかせただけで、何も声を出さないように気を付けた。

「それとももうスー坊も疲れてるでしょうから、私がその宿までフロリーさんとスー坊を連れていって、それでまた戻ってきましょうか。おひとりじゃあ、心細いですか。マリンカもついでに乗っていってしまえば、早めに休ませてやれるんですけれど。こいつ、馴れない船になんか乗ったもので相当気が立ってるみたいですから、早く安心させてやりたいんですよ」

「わかった。いいようにしろ。俺は大丈夫だ」

やや、こころもとない気分だったが、グインはうなづいた。これから先、ますます、このようなことにも馴れてゆかねばならないのだ、という思いが、グインの胸を重くしていた。

（これは……俺にとっては、むしろこれからのほうがずっと難儀な旅になりそうだな……）

これまではずっと、なんだかんだといっても、ノスフェラスの辺境からルードの森、そしてユラ山系の深い山中――と、本当に人里はなれたところばかりを辿ってきたのだ。

そこで出会うものたちはみなグインをよく知っていたり、何かグインに因縁があったりした。だから、これまで、おのれのその異形をもそれほど気にせずにきたが、いざこうして本当の都市部に近いところにきてみると、大勢のゆきかう人々がやはりみな人間の顔貌をしか持ってはおらぬこと——自分自身が、あまりにも異形で、異質であること、を思い知らされずにはいられなかった。

ノスフェラスで、セムとラゴンとともにあればその異形についてはほとんど感じることもなかったし、ザザとウーラはなおのことであった。だが、また、コングラス城のヴルスやエルリスたちも獣人であったし、スカールやイシュトヴァーンは最初からグインについてよく知っていて気に留めるようすもなかった。——だが、いまもしここで俺がこのフードをはねてこの豹頭をあらわにしたら、いったいどんな騒ぎがまきおこるのだろう、とグインは考えずにはいられなかった。

(化物だ、と悲鳴がおきるのか……それとも)

ならばまだよい。

だが、もしかしたら、「ケイロニア王グインだ!」という絶叫がおきて、たちまちに大変な騒ぎになる、という可能性のほうが大きいのかもしれない。そうだとしたら、ますます、おのれは決してフードをとることも、その中の顔をのぞきこまれることも出来ず、そしてまた入浴したり、人前では、フードをずらして食物をとることさえも難しいわけだ。そのあらたな困難の予想が、さしものグインをも、暗い気持にさせていた。

リギアがマリンカにスーティとフロリーをのせて行ってしまうと、グインはいよいよ本当に一人になった。あたりはますますにぎわいを増してくるように感じられ、夕刻が迫ってきたせいか、桟橋にはひっきりなしにたくさんのグーバがまるでミズスマシのように出入りしていた。しだいに暮れかけてきた湖水の上には、小さなちょうちんを船首にひっかけたグーバも出現している。そのあかりが、湖水にうつっているのはなかなか幻想的な光景だったが、グインはもう、それどころではなかった。

ひたすら、目立たぬように、声をかけられたり、あやしまれたりすることのないように、と、桟橋の上のところから、ちょっと移動して、マリウスやリギアが戻ってきたらすぐこちらから見つけて声をかけられるようにと木の根方にうずくまった。それをどう誤解してか。巨体のものごいと見てなのか、こともあろうに通り過ぎざまにびた銭を前に投げてゆくものさえいる。その意味ではだが、確かにクムのものたちは基本的には親切で物惜しみをしないのだろう。

だが、それに対して礼をいうのもおかしなものだったし——ミロクの巡礼に化けていれば、このあとずっとこのような状況にはぶちあたらなくてはならないのだろうと察せられた。グインは困惑しながら、それでもあやしまれぬように、目の前に投げられたびた銭を拾い上げてしまいこんだりしなくてはならなかった。

だがいっそう困惑したのは、グインが胸にかけているミロクのペンダントと明らかに同じものをかけた老婆が寄ってきて、丁重に両手をあわせたことだった。

「ミロクさまのお導きが、ミロクさまのために旅されるあんたさんの上にありますように」

そう丁重に云われて、グインはとっさに返答に窮したが、思い切って同じように両手をあわせて相手をおがんで答えた。

「ミロクさまのお導きがあなたの上にありますように」

「こんなところで巡礼さんを見るのはとても珍しいことですでね」

老婆のしゃべりかたには、グインの知らない奇妙ななまりがあった。それがおそらくクムなまりなのだろうとグインは思った。

「うちにきなさるかい。そうしたら、ミロクの友のために、宿と今夜の食事をふるまって進ぜるが。これはミロクさまのお望みでもあるでね」

「ありがとうございます。しかし、いまは実は連れを待っていますので」

フロリーに残っていてもらえばよかった、と考えながらグインはもごもごいった。だが、老婆はしいてそれ以上すすめようとはせず、丁寧に手をあわせてもう一度グインをおがむと、

「ミロクさまのお導きで、あんたさんが無事に目的地につけますように」

と挨拶して、そのままよちよちといってしまった。クムといえば快楽の都、かなり頽廃的な国、ときいていたものを、こんなところにまで、ミロク教徒の信仰がひろがるようになっていたのか——と、かなり驚きながら、グインは思ったが、ともかく無事に老婆が立ち去ってくれたのでほっとしたのだった。

もう二度と声をかけられないように、もっと目立たぬ場所を探そうと立ち上がって移動しようとしていたときに、

「ああ、ここにいた！　驚いた、ほかの人たちはどうしたの？」

叫びながらマリウスが戻ってきたので、グインは心の底からほっとした。

「宿が決まったので、先にリギアが連れていった」

「ああ、そうなんだ。——ちょっと、待ってて。いまね、船宿の御主人がぼくたちの船をみてくれるというんだ。タリサ水道を通るには、決められた横幅の船でないと駄目なので、たぶんカムイ湖の北のほうで乗った船なら通れないだろうって。それで、もしかして、船を交換してもいいっていう話になっているから、そうしたら、タリサ水道を通って小オロイ湖をルーアンまでゆく船とうちの船をかえてもらえるかもしれない——もちろん、その船でルーアンをぬけてヘリムまでゆけばいいんだから。ただ、いま聞いたんだけど、すべてのオロイ湖を通過する船は、必ずルーアンで書類にハンをついてもらわないと、船をおりてもクム国境を出ることは出来ないんだそうだよ——このところ、

ことのほか警備は厳しいんだそうだ」

「……」

「ちょっと、待っててね、ここで」

グイン、と呼びかけそうになって、あわててそれをこらえたマリウスは、少しはなれたところに立っていた、頭を丸坊主にそりあげ、そして腹のところに派手な色合いの布をまいて、短い上着を着、膝下までの短い太いズボンをはいた、なんだか柄の悪い海賊じみた大男のところに戻っていった。

そして、その男ともども桟橋につないである、コングラス城主の船のところにいって、なにやら相談していたが、またすぐに、そこに大男を残したまま、グインのところに戻ってきた。

「やっぱり、あの船だと横幅がありすぎて、タリサ水道を通れる規格じゃあないんだそうだ。——でももうあの船はこの上、ぼくたちが持っていたってしょうがないんだから、あれと、タリサ水道を通れる大きさの船を交換してもらったっていいよね」

「それは、むろん」

「どっちにしてももういまからだと船は出せないし——四人乗り以上の大きさの船は、前の日までに申請を出さないといけないんだって。それと、タリサ水道は申請制になっているので、クム政府から許可をもらっている船頭が操船するのでないと、通れないいんだっていうんだよ。だから、もし交渉が成立すれば、明日の朝一番であの船宿のおやじのところの船頭が——あのおやじは、『酔いどれなまず』という船宿の、カウ・ベンというおっさんなんだけれども、そこの船頭が船を出してタリサ水道をこえてくれて、そしてルーアンなり、ルーエなり、目的地までいってやろう、といっているよ——それでどうだろう」

「いいのではないか？」

「じゃあ、それで話を決めてくるね。それで、今日中に申請して、明日、朝一番でこの桟橋から船を出してもらうように話をつけて——前金になるみたいだから、金をはらってくる」

「金はあるのか？」

「ほんの少ししかなくなっちゃったけれどね。ぼくはいつでも、本当にいざというときのたくわえをあちこちに隠し持ってるものだからね。旅慣れてるから。——でも、今夜タルガスに泊まるんだったら、ぼくは今夜は別行動にして、とりあえずちょっと金を作ってきたほうがよさそうだ。——何をどうして金を作るかは、ちょっとリギアだの、フロリーにいったりするといろいろもめたり、虫をおこしたりされそうだから、内証だけれどね。グイ——おっと」

マリウスは口をおさえた。

「なんか、呼んでも平気な呼び名を作っておかないといけないな。どうしてもグ……ってのはいっちゃうから、そうだなあ、じゃあ、グンドとでも呼んでおこうかなあ。それなら、まちがってグ——っていっちゃっても大丈夫だろうし」

「なんとでも好きにするがいい」

「ちょっととにかく話をつけてくるよ。じゃあ、また少し待っていてね」

マリウスがまた桟橋のほうへかけてゆく。その三角帽子にキタラを背負ったうしろ姿を見送りながら、グインは、つくづくと、まったくあやしまれることなく顔を出しっぱなしにしてそのへんを走り回っていても平気なマリウスやリギアがうらやましかった。

(本当は……ノスフェラスだの、ルードの森の辺境で、あのあやしいグールどもだのといるほうが、俺にとっては、幸せというか、自然なのかもしれんのだけれどもなあ……)

いつにもない、げっそりするような想念がつきあげてきて、グインが、ますます深くうずくまった、そのときだった。

「そこのお前——いや、こっちだ。こっちをむけ——そこのお前だ。そう、そこのミロクの巡礼!」

いきなり、またしても声をかけられた。グインはびくっとした。

また、ミロク教徒だろうか——と思ったのだが、今度はそうではなかった。そこに立っていたのは、クムの兵士のごつい、こっけいなほど大仰なよろいと、とげのような突起がたくさんついているごついかぶとをつけ、長い槍をもった姿だった。グインはびくりと身をかたくした。のろのろと立ち上がろうとしながら、頭を下げ、なるべくそのおどろくべき体格が目立たぬようにと願いながらそちらに向かってさらに頭を下げる。それにむかって、さらに鋭い声がとんだ。

「いま、タルガスに上陸したのか。どこからきた。名はなんという。国境を通ってきたのか。通行手形を見せろ。まず、名を名乗れ。どこの国からきたものだ？」

3

「……」

一瞬、グインは、珍しくも息が止まりそうになった。

おのれが、あまりものに動じない、ということはもうこれまでの、記憶のないままの自分自身とのつきあいのなかでわかりかけていたのだが、これだけ不意打ちをくらったのははじめてだったかもしれない。その上に、もう、ここはユラやルードの深い森のなかではないのだ——ここから先は文明国で、そこでは腕っぷしが強ければなんでもいい、というものではないのだ、という不安があった。逆にそこでは、自分の素性が知られているだけに、いっそう面倒ごとに巻き込まれるかもしれない。その上に、グインにとっては、もうこうなってみると、いま腕づくでこういう窮地を切り抜けることは、もしかすると、あとあと、ケイロニアとクムの国際問題だの、戦争だのに発展するかもしれない、という心配さえあった。

（くそ——マリウスが、宮廷に戻りたがらぬのも無理はない。——王なんて、やたらと不自由なものだな……）

グインはその思いをかみしめて、いっそう深々とマントのフードをひきさげ、うなだれた。

「どうした？　耳がきこえぬのか。名を名乗れといっているのだ」

けわしい声で、クム兵がとがめた。

「俺はタルガス砦の守護隊の衛兵だ。タルガスの守護隊は日に二回、朝夕に巡回して、不審者を調べる任務をおうている。答えられぬというのなら、タルガス砦までともにきてもらって、そこでとくと調べさせてもらうぞ。通行手形はないのか。手形のないものはクム国内への入国は許されてない。さあ、手形を見せろ。まずは、名乗れ。名乗れぬわけでもあるのか」

クム兵の声は遠慮えしゃくなく大きい。グインは木の根かたにうずくまったままでいたが、まわりじゅうのものたちがみなこちらを見て、がやがやと騒ぎたてはじめているような気がした。視線がこちらに集中するように思われて、いっそう深くおもてをふせる。だが、どう口をきけば一番たくみに切り抜けられるのか、まったくわからなかった。ミロク教徒の口のききかたをもっとフロリーに教わっておかなくてはいけなかったのだ、と後悔した。だが、そもそも通行手形などの持ち合わせはない。

「どうした。名乗れぬのか。その顔を見せろ——フードをとって、その顔を見せてみろ」

クム兵の手がのびてきた。グインはあわててフードを深くひきさげ、しっかりとフードを手でおさえた。

「どうした？　何か顔を見せられぬわけでもあるのか？　仲間を呼ぶぞ——おい——誰か、港の駐屯所にいって——」

衛兵が言いかけたときだった。

「あ、待って！」

マリウスの声がして、そしてあわただしくマリウスが駈け寄ってきた。グインは言葉につくせぬくらいほっとしたが、だが、マリウスが通行手形を持っているわけでもない。窮地が消えたわけではなかった。

「すみません。彼はぼくの連れなんです。どうかしましたか——何か、具合の悪いことでも？」

「お前は吟遊詩人か」

どこから見てもごくありふれた吟遊詩人のふうていのマリウスをみて、クム兵は少し語調をやわらげた。グインはいっそう深々と頭をたれてうずくまったままでいたが、全神経はびりびりとはりつめ、マントのなかで手は剣の柄を握りしめていた。

「はい。彼はぼくの連れです。彼がどうか」

「名乗れといっても名乗らぬ。通行手形を見せろといったのに見せぬ。顔を見せろといっても見せぬ。これがあやしくないと云えるか」

「ああ、それは」

マリウスはグインに聞かせるかのように声をちょっと張った。

「あのね、彼は可哀想な病人なのです。耳も聞こえないし、目も見えないんですよ。いや、目は少し見えるけれど、もうじきまったく見えなくなるでしょう。こんなに体が大きいでしょう、でも業病におかされて、もう、ほとんど歩くのも不自由になりつつあるんです。おまけに顔も崩れてしまって、それでひとめにはさらすわけにゆかないんです。手も不自由なんですよ。だから、ぼく、彼をヤガの聖地へ連れていってやる仕事を請け負って、ここまで一緒にきたんだけれど、もう彼は歩けないので、船の交渉をしていたんです」

マリウスはなめらかに述べ立てた。グインはせいぜい具合悪そうにうずくまったまま、内心ひそかに、よくまあこれだけぺらぺらとその場で即座に嘘がつけるものだと妙な感心をしていた。それでこそ、吟遊詩人というものなのだろうな、とひそかに考える。

「彼はもともとは、けっこうその道では名を知られた勇敢な傭兵だったんですよ、衛兵さん。とても武勇で名をはせていて、当時は英雄のようにさえ云われていたんだそうです。だけど、不幸にも黒疫病にかかってしまい、むろん傭兵はやめねばならず、家族も

いないので、生活にも困るようになってね。——それまでさんざん、戦いでひとを殺していたそのむくい、呪いがあらわれたんだろうとある占い師にいわれて、それで悔い改めてミロク教徒になったんですって。でももう、だんだん舌もとけてきて口もきけないようになったたし、顔もふためとみられぬくらい崩れてきてしまったし、それで耳もつぶれてね。——とても可哀想なんです。それを、こんな公衆の面前でフードをとれなんて、可哀想ですよ——さらしものにするつもりですか。第一、彼の病気はうつるんです。フードで、伝染をふせいでいるんだから、フードをとったらあたりに——」

マリウスはちょっとすごみをきかせて声を低めた。

「そう、とらないほうがいいですよ。もしどうしてもとるというんだったら、ぼくがまず、ちょっとそうだなあ、一モータッドくらい遠くにはなれるまで待ってくれませんか。彼の病気がふれるとうつるんだってことはあなただって聞いたことがあるでしょう、黒疫病のことは。不幸な不治の病で、さいごには手も足も崩れて動かなくなってしまう。だから、そうなるまえに彼はヤガへいって、ミロクの聖地に巡礼して、そこで死のうという殊勝な考えをおこして、それでたまたま知り合ったぼくに、ヤガへ連れていってくれるようにと頼んだんですよ」

マリウスはまことしやかにぺらぺらと述べ立てた。さすがにそうきいて、衛兵はちょっとぶきみそうにあとずさりした。

「フード、とりますか？　ぼく、そしたらちょっとまず遠くにはなれるので、そのあと衛兵さんが御自分でフードをとって下さいよ」

「いや、いい」

　衛兵はいやな顔をして吐き捨てた。

「フードはそのままにしておけ。俺とても妻子もある。そんな病に伝染させられては困る。だが、巡礼というからには、鑑札はあるんだろうな」

「ぼくはありますよ、ほら、吟遊詩人の鑑札！」

　マリウスが帽子につけた札を引っ張り出して見せた。衛兵はそれを受け取ってひっくりかえして調べた。

「うむ。確かに、正式のものだ。お前が正規の鑑札をうけた吟遊詩人だということはよくわかった。吟遊詩人ならば、通行手形なしで諸国を渡り歩くことは慣例として許されているし——巡礼もそのはずだ。巡礼なら当然鑑札を持っているだろう」

「持っているだろうと思うんだけどね……でも、ほら、かれは耳がきこえないから、ぼくたちが何をいっているのか、わからないと思うんですよ。でも、手をかけて胸の鑑札をさぐって引っ張り出したりするのは、ぼくはいやなんだけどな。だってそのためには」

「もういい」

おそろしく苦い顔をして、衛兵は怒鳴った。

「もうわかった。だが、このままにしておくわけにはゆかん。その男を連れて、どこへ行く予定だ?」

「船を探していたんです。うまく船が見つかったら、申請を出して、ルーエへ。だから、どうしたってそのときには、申請書に書くので鑑札も入り用になりますし。そうしたら、それに通ったら何も問題はないってことになるわけでしょ。ぼくはどちらにしたって問題ないわけだしさ。それに、うまくルーエゆきの乗り合い船を探せたとしても、申請が受けられるのは明日の朝なんだから、今夜はどっちにしてもぼくたちはこの港町に泊まってますよ。だから、お疑いなら、いつでも調べにいらして下さい。でもまだ宿は決まってないけどね。ちょっといくつかあたってみたけど、やっぱり、そんな病気の末期の不自由な人は困る、といわれて、断られちゃったんですよね。船のほうだって、狭いところで乗り合わせるわけだからもっといやだといわれるかもしれない。そうしたら、まだ当分ぼくたちはこのタルガスにいることになる。だから、そうしたら、あなたはいつでもぼくたちを調べられますよ」

「調べるのは俺じゃない。べつだん俺自身が調べたいなんてちっとも思わん。ただ、役目だというだけだ。――それと、このあたりはタルガスじゃない。タルガスはあの山の上の砦とその周辺だ。この波止場のあたりは、タルドというのだ、覚えておけ、吟遊詩人」

「タルドの町。ありがとうございます、覚えておきます。ぼくもこのへん、はじめてなんですよ。——ねえ、衛兵さん、何か、一曲やりましょうか？」

「そんなのんきなことをしておるひまなどあるものか。俺は任務中だ」

「じゃあ、その……」

マリウスはずるそうに片目をつぶって、ちゅっちゅっとねずみ鳴きをしてみせた。

「今夜、衛兵さんの宿舎にでもゆきましょうか？　ほかにも御用があるなら、ひとつ……お安くしときますから」

「冗談ではない。俺は任務中で、おまけに妻子があるといっただろう。クムの人間だからみんながみんな快楽主義者だなどと、中原の他の国の連中が無責任に言いふらすから、お前のようなやつがみんなクムにやってきて——ますますクムは頽廃的な国だと誤解されてしまうんだ」

にがにがしい顔をして、衛兵は云った。

「クムにだって真面目な男もいれば、かたぎな家族もいるんだ。お前も、ちょっときれいな顔をしておれば、クムあたりならあらかせぎが出来るだろうとふんでここに流れてきたんだろうが、ご生憎様だぞ。美と快楽と頽廃の都タイスならいざ知らず、クムだって田舎のほうはみんな真面目なんだからな」

「やだなあ、そんなこと云ってないじゃありませんか。ぼくはただ、いい歌をきかせて楽しませてあげようと思っただけなのに」

ずるそうにマリウスは笑った。

「でも、じゃあ、御用がないんだったら、ぼくはまた、船と宿の続きを探さないといけないんだ。ここに病人をずっとうずくまらせておくのが気になるんだ——冷たい風にあたって冷えるとますます病気によくないし、それに、今夜はなんとしてでも屋根のあるところに寝かせてやりたいからね。——それに、あまり長いことこの人の近くにいないほうがいいですよ。ぼくは、もう馴れてるから、どこにどう触っちゃいけないかとか、そういうこともわかってますけどね。あなたは知らないでしょう、病人の扱いかたは」

「………」

いくぶん、気味悪そうに衛兵はあとずさりした。マリウスのほのめかしを充分に感じ取ったように、腹立たしげに吐き捨てるようにいう。

「いやなやつだ。——ともかく、勝手にこのあたりを通ることは出来ぬと思ってもらおう。あやしげなふるまいがあれば、病気だろうが業病だろうがなんだろうが、そやつはタルガスの砦に引っ張って詳細に調べぬわけにはゆかないからな。もっとも、そのときには、俺でない運の悪い当直のやつがそいつのフードをとることになるんだろうがな。行け」

「行って良いんですね？」

マリウスは念を押した。衛兵はむっとしたようにマリウスをにらみ、なんとなく腹のおさまらぬようすをみせたが、そのままそっちのほうから大股に立ち去っていった。

そのうしろすがたを見送ってから、マリウスはかがみこんでグインの背中に手をかけ、いかにも病人をいたわっているようなようすをみせながら、そっと低くささやいた。

「さあ、もう大丈夫だよ。――だけど、いきなり元気いっぱいに立ち上がったりすると、また戻ってきてぼくの嘘を見破られてしまうかもしれない。そんなこと、したことないかもしれないけど、ちょっと芝居をしてほしいんだ。からだが悪いふりをして、たいぎそうに起きあがって歩いてくれないかな。ぼくはとりあえず目も見えず、耳も聞こえない病人をいたわりながら歩かせているようにふるまうから。それで、もうちょっとひとめにつかないところにとにかく移動して、それからまたぼくはあらためて船の交渉にいってこよう。いま、まだ途中なんだ」

「わかった」

グインもほとんど外にはきこえぬような声でささやきかえした。そして、いかにも、からだを持ち上げることさえたいぎだ、というようすで、のろのろと立ち上がった。

マリウスはグインの肩に手をかけていたわるようすをみせたまま、素早くまわりを見回した――衛兵はもうかなりむこうへ歩いていっていたが、このやりとりをきいていた漁師たちだの、港町のかみさんたちだのが、何人か、足をとめて興味深そうにこのようすを見守っているのに気付いたので、なかのひとりがかけているミロク教徒のペンダントに目をとめたマリウスは、すばやくミロクの印をきってみせた。

「ミロクを信ずる友びとに、ミロクのみ恵みがありますように」

マリウスがミロク教徒の挨拶を口にすると、その女は、うろたえたように両手をあわせ、口のなかでミロクの挨拶をつぶやいて、そのままあわてたように立ち去った。それをみて、他のものたちもばらばらとその場から逃げるようにはなれようとする。マリウスがグインを助けおこすようにしながら歩き出すと、さあっとその前から人びとが道をあけた。病気をおそれているのだろう。マリウスは内心この女のミロクへの信心深さも知れたものだ、とひそかに考えながら、なるべくのろのろとグインが歩けるようにゆっくりと歩調をあわせて歩いた。

グインは大きなからだをかがめ、動くのも不自由にみえるように足をひきずりながらゆっくりと歩いていた。かれらがゆるやかな坂になっている波止場の上の道までのぼってゆくと、むかいには通りをへだてていくつかの人家が建ち並んでいた。いずれもそまつなこしらえだが、その前にさしかけの屋台のようなものをおいて、そこでものが食べられるようになっていたり、籠をおいて目の前の湖でとれたての魚を売っていたりする。なかには、そのとれたての魚を目の前で焼いたり煮たり、客の希望どおりに調理して食べさせるらしい店もある。魚の焼けるよいにおいがあたりの空気にたちこめていて、それをかいでいるとマリウスの腹が鳴った。

「あれは確かこの湖水でしかとれない大きなかにだよ。あれを殻ごと焼いているんだ。あと貝だの、魚だのね。どれもうまそうだなあ！　ぼくは宿屋のおしきせの料理じゃなくて、あとであういうのを食べにこようかな」

病人をいたわるふうにしてゆっくり話しかけながら、マリウスがそのほこりっぽい道を歩きだしたときだった。むこうから、かつかつとひづめの音をたてて走ってきた一騎がすばやく馬をとめさせた。リギアだった。

「こんなところに？」

何かあったと察したらしく、リギアも誰の名も呼ばずに呼びかけた。そしてすらりとマリンカから飛び降りた。

「ちょっと衛兵に見咎められて詰所へ引っ張られちゃうところだった。このひとは耳もきこえず目もみえず、フードをとったら伝染する重病人だから、と話してあげたら許してくれたけど、でも目はつけられたかもしれない」

マリウスはあまり唇は動かさぬようにしてひそひそとささやいた。リギアはうなづいた。

「そんなこともあるんじゃないかと思って急いで迎えにきたんだけど。ちょっと湖水からは離れているんだけど、はなれにとめてくれる、という宿屋が見つかったので迎えにきました。もうフロリー親子はそこの宿に落ち着いています。病人がいるんだけど、といったので、ならば離れに泊まりなさいといってくれたのでかえってよかった」

「それはよかった。じゃあ場所だけ教えておいて、ぼくはまだ船のことで交渉しなくちゃならないので、さきにグ——このひとを、宿に連れていってもらえないかな。ああ、このひとはね、グンドといって、病気にかかって傭兵稼業をやめ、ミロク教徒になってヤガに巡礼してさいごを迎えようとしている信心深い人なんだよ」

「グンドさん。それはそれは」

リギアはのみこみよくうなづいた。

「それは殊勝な決心ですね。宿に奥様と子供さんが待っているから、早く連れて帰ってあげましょう。宿はね、吟遊詩人さん、この茶色い道をまーっすぐ、どこまでもまっすぐにいって、しばらく湖水を左手にみていったところに、やがて右側に大きな赤い屋根の旅館があります。そこじゃあなくて、その角を右にまがって森のなかに入って少しいったところに、ちょっと見にはしもたやにしか見えない建物があるんだけれど、そこも一応旅の人は泊めているというのでね。御主人はアー・ロンさんといってとても親切だし、ほかには泊まり客はいなくていい案配です。その赤い屋根の旅館はこのへんではなかなか有名な『赤いめんどり旅館』というので、もしわからなくなったら、その名前を出してきいて、それを頼りにきて下さい」

「わかった」

マリウスはうなづいた。

「赤いめんどり旅館。そこを右手に入ったしもたやで、アー・ロンさんの家。船は一応見つかりそうなので、あとは交渉して、それから申請を出してあした朝一番で船にのれるようにしなくちゃいけないんだ。それに、ほかにもちょっといろいろぼくはしなくちゃいけないことがあるので、今夜はけっこう、そこにつくのは遅くなるかもしれないけど、気にしないでね。ぼくのほうは大丈夫だよ――こういう町なかに出たら逆にこんどはぼくのほうがずっと世慣れているし、口も達者だし、知識もあるからね。それに、ぼくは正規の吟遊詩人の鑑札もあるし――それを出せたおかげで、さっきはとても助かったんだよ。あなたは鑑札は持っているの？」

「もちろんですよ。私は傭兵の鑑札を持っていますから、通行手形はいらないんです」

「フロリー親子は鑑札はないよね。何がどうあれ、ぼくはなんとかして、巡礼の鑑札を三枚、このひとと――それにフロリーたちの分を手にいれておかなくてはいけないと思うんだ。それさえあれば、なんとか――ルーエでもヘリムでも……たぶん、ルーアンでもなんとか通れる」

ふたりはそうでなくともひそひそと話していたが、このくだりになるといっそうマリウスは声をひそめた。

「場合によっては、かなり——うしろぐらい、偽造の手形を手にいれることになるかもしれない。正規のを横流ししているやつが見つかれば一番いいんだけどね。でもどちらにせよここから先は——クムは意外とうるさいんだね。こんなに兵隊なんかが見回っているとは知らなかったよ。これだとルーアンもけっこうあぶないかな」

「たぶん、けっこう情勢が変わっているんだと思いますよ。私も宿にこのひとたちを落ち着かせたら、ちょっと情報収集に町なか——あるいはタルガスまで出ていって、夜があんまり遅くなる前に少しいろいろ情報を仕入れてきましょう。なんといっても私たちはしばらくまったくそんなこととの縁のない山あいにいましたからね。いろいろとそのあいだに、中原の情勢がどうなっているのか——まあここだってルーアンよりはずっといなかだけれど、それでも砦周辺にゆけばそれなりにいろいろ、あきんども往来してるから、きっと情報があるでしょう」

「じゃあ砦の周辺はあなたは傭兵なんだから、あなたにまかせた。そのほうがきっと口をひらいてくれる人も多いだろうし。ぼくはちょっと商売もしたいので、港周辺から——場合によってはもうちょっとあちこち歩き回ってみる。もちろん、あまり遠くまではゆかないけれどもね。それにどっちにしても、ほかの三人をあまり心配させてもいけないし、ここではあなたとぼくがどちらもあけてしまうのはちょっと危険そうだから、夜あんまり遅くならずに宿に戻るつもりだけれど。——ああ、それから、フロリーに、さっきの話——このひとの気の毒な身の上話をしておいてくれないかな」

「もちろんですわ」

リギアは片目をつぶってみせた。

「奥さんが、旦那さんの身の上を知らなくては困ってしまいますからね。それに私も少しミロク教徒の作法について教わっておきましょう。——このひととフロリーさんとは、そういうことならいつも一緒にしておいたほうが当分はよさそうですね」

「ああ、けっこう、思っていたよりこのあたりも、ミロク教徒が多いものね。でもね」

マリウスはちょっと微妙な顔をしてリギアのほうに顔をよせて、ひとに聞こえぬようにしながらささやいた。

「なんだか、ちょっと驚いてしまったんだけれど、こんなところでミロク教徒にこんなにたくさん会うなんてね。——さっきも、このひとが衛兵にとがめられていたら、そのあとで、ミロク教徒の女のひとがいたんだ。ただ、ぼくがミロクのあいさつをかけたら、あわてたように逃げてしまったんだけどね。こんなこと、珍しいね——ぼくは、ミロク教徒といえば、モンゴール南部に少し、それから——そうだなあ、あとはむろん沿海州からヤガ、アムラシュ、マガダにかけて？　あとはあまりひらけていないパロから東の自由国境地帯とか、そのへんに小さな町を点々と作っているくらいだとしか知らなかったよ。まあモンゴール南部はここから近いんだから、ここにはいても当然かもしれないけれど、なんだか、クムとミロク教ってあまりあわない気がするんだけどね！」

「まあ、快楽の国クムと、貞節と禁欲を最大のおきてとするミロク教では、あうわけがありませんけれどもねえ」

リギアはかすかに笑った。

「それが、クムの人でも、あまりに頽廃的なクムの気風にあわない人が出てきたということなのか、それとも、ミロク教徒の村や町がつぶれて、そういう人びとがこのへんまでさまよってきて住むところをさがしているのか、どういうことなのかは私もあんまりミロク教にはくわしくないからわかりませんけれどもね。でもクムの大公やタイスの長官たちが、ミロク教の教えを気に食わないだろうってことは、私の傭兵の鑑札をかけてもかまわないですよ！　絶対にあうわけがない。だって、ミロク教では、人を殺すな、肉を食うな、姦淫をするな、変態をするな、と教えるんですからね。ひとには親切にせよ、金銭にこだわるな、天国での徳を積め——って。どれひとつをとったって、クムの快楽主義の連中が逆上しそうな話ばかりじゃありませんか、まったく。——まあ、私もあんまりミロク教徒にはなりたいとは思わないけれどもねえ。あなただって無理でしょう。やっぱりあの人は変わってますよ。私はべつだん頽廃的だとは思わないけど、あんまり欲望をおさえたいとは思わないなァ。大体それじゃあ、生きているここちがしないじゃありませんか。ねえ」

4

というようなわけで——

マリウスはひとりで湖岸の町タルドに残り、リギアがこんどは、グインをマリンカにのせるのははばかられたので、リギアも馬からおり、マリンカの手綱をとって、グインを助けいたわるようすを装いながら、長い茶色の、レンガで舗装されていないほこりっぽい道をずっと歩いていった。

もうだんだん日が暮れかけてきて、それにつれて、湖水で今日一日の仕事にはげんだものたちが上陸して、それぞれの家路をさして戻りはじめていた。大きな荷車にいっぱいにびくをのせ、そのなかにぎっしりと銀鱗を光らせている魚を詰めた漁師、やはり大きな荷車いっぱいに湖水に生えるらしい水草を入れた箱をのせている男、そのうしろから押している女。

また、頭の上にかごをのせ、それを売り声をかけながら歩いているクム風俗をした物売りの女もいたし、小さな猫車に刈り取ったトウシンアシのたばねたのを山と積み上げて、難儀そうに押している男たちもいた。みなだが、いずれにせよそろそろ家路を焦っているようで、そのなかを、なるべくたそがれにまぎれるようにしてひっそりと歩いているグインとリギアとマリンカにそれほど注意をむけるものはいなかった。

さっきの波止場をかなりはなれてしまうとようやく二人はほっとして、グインは身をかがめてしんどそうにのろのろと歩くまねをやめ、すっくと立ち上がって歩き出したし、リギアはマリンカにひらりとまたがり、グインを道ばた側にやって、マリンカと自分自身のからだで隠すようにしながら、ゆっくりとマリンカを歩かせた。それだけでもだいぶんかれらはほっとした――グインが病人のふりをよそおうのは、巨体であるだけに、おそろしくしんどかったし、かえってひと目もひいてしまうではないか、とも思われたのだ。

マリウスの話のせいで、リギアはそれとなく注意していたが、

「確かにこうして見ているとずいぶんとミロク教徒がじわじわとですが、このあたりにも増えていますねえ」

グインにそっとささやいた。

「ほらあの向こうからくる漁師も胸にミロクの首飾りをかけているし、そのうしろの女のひとも――あれはまあ、夫婦なのかもしれないけれど。それにしてもさっきマリウスさんもいってたとおり、このあたりは、クムとモンゴールのちょうど中間くらいですか

ら、そうそうもともとはミロク教徒が多かったはずのないところなんですよ。——ミロク教はもともとは、沿海州——というより、レント海岸ぞいのかなり南のほうではじまったらしい教えで、私もよくは知りませんが、とても禁欲的なので、あまり中原ではこれまでよく思われていなかったんですよ。だのに、このところずいぶん急激に勢力をのばしたもんですね！——まあ、じっさい、中原の情勢がかなり不安定になってきてますから、それで、人々が、快楽よりも禁欲や信仰に自分をささえてほしくなったのかもしれませんけれども。それにしても、ところもあろうにクムでこんなに、禁欲を最大の教えとするミロク教徒に会うなんてね！　ということはもしかすると、パロにも、モンゴールにはもっと、そしてもしかしたらユラニアにも、ケイロニアにも、ミロク教徒がしだいに増加しつつあるってことかもしれない」

「……………」

グインは用心して、あまり口をきかなかったが、リギアはそれはかまわずに先を続けた。

「だとすると——これは私のただの直感ですが、いまにこれはなんらか、必ずもめごとの原因になりますよ！　だってそうでしょう。ケイロニアだのモンゴールはね、もともとわりと禁欲的だし、真面目だし、お堅い国だから、ミロク教徒もそれなりに受け入れられるだろうと思いますよ、あまり変な教えを無理矢理押しつけたりしなければね。でもケイロニアもモンゴールも、それほど信心深い国っていうわけじゃあないし。いや、というか特定の宗教がとても勢力をふるってる国じゃないですからね。でもパロはヤヌス教団がもともと作ったような国だし、そもそもパロの聖王というのはヤヌス教の最高祭司である国です。そしてクムは——まあクムはキタイ移民が作ってるからそんなに信仰心はあつくないでしょうけど、でもはっきりいってクムの人びとがあがめてるのは、性の快楽と、そしてこの世の欲望のすべてですからね。それを、あたまから否定して、天国でミロクのよろこびを得るためにこの世では禁欲を通そうなんて教える教えはね——とうてい受け入れられっこありませんよ。それにゴーラもね——ミロク教は、殺人も自殺も傷害も最大の罪と教えるんですから。フロリーさんがあの——ああいうその——ええと、スーティのお父さんを持ってるっていうのは、最大の皮肉なことですね！　ヤーンの皮肉としかいいようがありませんよ。もし万一にもフロリーさんがその、スーティのお父さんのところに戻ることになったりしたら、それこそフロリーさんは、毎日毎日、夫のする殺生にひどいショックをうけてもうミロクの尼僧になってしまうか、さもなければ夫に殺生をやめさせようとして夫に殺される——というようなことにしかなりようがないんじゃありませんかねえ。もちろん、こんなことは、なってみなければどうともわからない話だけど。でもあの——スーティのお父さんが、流血と戦争と人殺しをあきらめるとはとうてい思えませんものね。そうじゃあありませんか！」

「……」

それについては、グインはなんとも返答のしようがなかった。

かれらはだんだん暮れてくる道を歩き、ようやくその、「赤いめんどり旅館」が見えてきたときには、けっこう距離があった上に、日はいったん落ち始めると湖水につるべ落としに暮れていったので、壮麗な美しい湖水の夕映えに一瞬みとれるひまもなく、あたりには群青色の夜がたれこめてきたのであった。だが、グインたちはむしろそれを歓迎した——ことにグインの巨大なからだはとてつもなくこのあたりでは人目をひくものだということがしだいにあきらかになってきたので、その巨体を闇にとかしこんでしまう黒いマントが威力を発揮する、夜の暗がりこそ、かれらにとっては安全を保証してくれるものにほかならなかったのだ。

「さあ、あそこですよ。——ほらここがその大きな旅館、最初はこちらにしたほうが、大勢の客にまぎれて人目につかないかと思ったんですけれどねえ、中に入っていってみたら、食堂も風呂も共同だ、ということがわかったものですからね」

リギアは指し示した。

「あとで私はあの旅館にもちょっといって、なんとなくようすを探ってきましょう。だから、大丈夫そうだとなったら、私だけ、あちらの大きいほうの旅館で食事だけしてきますね。たぶんこの離れにいればそんなに何もあやしまれたり、臨検があったりという館を選んだんだけど。じっさいには、これは旅館というよりも、日頃はただの漁師かなんかをしていて、ただ、たずねてくるものがいたときには旅館の副業もするというだけのことに思えますけれどもね」

リギアのいうとおりだった。その、アー・ロンのはたご、というのには、ごく注意してみなければ気付かない程度の小さなささやかな看板が出されているだけで、それもしげり放題の灌木の茂みにまぎれていたので、確かにここにはたごがある、などとは、知らなければとうていわからなかっただろう。リギアがよくまあ見つけたものだと云わなければならないほどにささやかな看板につづいて、確かにこれはよほど金に困っているか、ひとめを忍ぶ旅人でなくては泊まりには選ばないだろう、というような、なかば崩れかけたような建物が木立のなかに建っていた。そのさらに右側に、もっと掘っ建て小屋然とした、かろうじて雨風がしのげるていどの別棟があり、それがいわゆるリギアのいう「離れ」であるらしかった。

だが、グインはそのようなことは少しも気にしなかったので、リギアが案内するままに、そこに入っていった。

「フロリーさん。旦那さんが戻ってきましたよ」

リギアは驚かさぬようそう声をかけて、それからギイギイときしむ板戸をあけて中に入っていった。中はかなり薄暗く、小さな燭台にろうそくをたてたものだけをたよりに、ひっそりとフロリーはスーティを抱きしめて暗がりに腰かけていた。

なかは、一応天井も床も張ってある分、あのボルボロスの薪小屋よりは多少ましだったかもしれないが、おんぼろだ、ということに関してはそれともあまり大差はないくらいのありさまだった。確かにこれではたごだと言い張って金をとろうというのはあこぎだったかもしれないが、病気だの、ミロク教徒だの、なんだのといわくありげな一行とあっては、これでもよくありつけたものだと感謝しなくてはならなかっただろう。

「あ……」

「よかった、何事もなかったわね。まったく、今回ばかりは、ちょっと誰かをひとりにしとくと何がおこるかわからなくて気が揉めるったらありゃあしない」

リギアは笑った。そして口早に、低い声で、フロリーに、波止場でグインがクムの衛兵に見咎められたいきさつと、そのさいにマリウスがとっさにでっちあげたいんちき身の上話とを伝えた。

「だからね、この人はあんたの御主人のグンドさん、そしてもとは傭兵だったんだけれど、業病にかかって世をはかなんで、ヤガで死のうとミロクの巡礼になったわけよ。それであなたもそれについてきたわけ。この人は耳も聞こえないし、目もあまり見えないし、足も手も不自由で、顔もひとまえに出せないくらいひどいことになっているわけなの。だから、もし宿屋の親父さんだのがきたりして、何かこの人に話しかけたら、そういって、このグンドは何も口がきけないから、といってあなたが全部受け答えして頂戴ね」

「わかりました」

「それに、ミロク教についてはあなたが一番本当に詳しいんだから。いまちょっとここにくるあいだに見てきたんだけれどね、なんだかこのごろ、このあたりには、ミロク教徒がずいぶん増えてきたようなの。だから、むろん、あなたたちがミロク教徒だということをあやぶむクムの兵士たちからも、うまく言い逃れなくてはならないけど、それ以上に私がちょっと心配なのはこのさき、親切にしてくれるミロク教徒のお仲間もいるだろうってことなの。——そのときのために、もしできるならこの時間を利用して、あなたの《御主人》に、ミロク教の作法についていろいろ教えてあげてちょうだい。口はきけなくても、ミロクの巡礼になろうというほどなら、当然ミロクの拝礼だの、挨拶の印の切り方だの、そういうものは覚えていなくてはいけないだろうと思うからね。それも、本当は船のなかで習っておけばよかったわ。なかなかそこまでは気が付かなかった」

「わかりました。これからなるべくいろいろなことをグインさま——あ、いえ、グンドさまにお教えしておきます」

「マリウスがいま、あなたとこのひととスーティの——巡礼のための鑑札を手にいれられるかどうか、やってみてくれているわ。それがないと、明日、船を出しても、私とマリウスは鑑札があるから、申請して乗せてもらえるけれど、あなたたち三人が乗れないことになってしまうのよ。スーティはまあ、いざとなれば私の子供だとでも言い張ってしまえば大丈夫でしょうけれど」

「はい——御迷惑をおかけしまして……」

「それはしょうがないわ、そもそも、あなたたちをパロに送り届けるための旅なんだから。——それにしても、これほどクムの兵士たちがぴりぴりしているんだったら、この巡礼のマントをコングラス城でもらっていなかったらいったいどういうことになっていたんでしょうね。考えてみると恐しいわ」

「だが、このマントだけでどこまで押し通せるかわからぬな」

グインは暗澹と云った。

「このあたりはまだしも、ルーアン界隈になったらどういうことになるか——さきほどはマリウスの機転で、フードをとらずにすんだものの、もしあの衛兵がもうちょっと職務に忠実な男だったら、確実にフードをとらされていた。こうなると、フードの下にも何か変装を考えた方がいいのかも知れないが——この顔と頭を隠してくれる変装というのは、俺にはちょっと考えつかんな」

「それは——御無理でしょう」

しばらく、フードからあらわれたグインの豹頭を考えこみながら眺めていたリギアはやがて降参して云った。

「失礼ですが、何をどう隠そうと、これだけひととかわっていれば変装のつもりが変装にはなりませんよ。まだしも、『ケイロニアの豹頭王に変装している』と言い張ったほうが気がきいているくらいですわ。まあでも、当面はミロクの巡礼で押し通すほかはないでしょう。それじゃ、私は母屋のアー・ロンじいさんのところにいって、今夜の夕食の話などをしてきて——これは、御主人の病気はかなり悪いのでひとめにふれさせたくないから、あなたが勝手にとりにくるから用意しておいてくれ、という話にしてあるからね。ちゃんとつじつまをあわせるのよ、フロリー」

「あ、は——はい」

フロリーはちょっと心配そうな顔をした。

「わたくし、すごく——すごくうそをついたり……つじつまあわせとかいうようなことが苦手なのですけれど……でもなんとかやってみます。なるべく無駄口をきかないほうがいいですわね」

「そう、それと大筋のところであっていればいいんだからね。とにかく、病気のために傭兵をやめて、ヤガに巡礼にゆく——という、それだけを押し通すのよ。私はこれからちょっとあの、『赤いめんどり旅館』にいって食事がてら情報を集めたり、様子を聞いたりしてくるわ。もし場合によっては、そこであまりいい情報が得られなかったらタルガスの砦までいってみるけれど、それはまあ、あまり遅くなるようならよすことにするから心配しないで。とにかく、あなたたちはこの離れから出ないようにね。スーティも、お庭に遊びに出たいなどといって母様を困らせてはいけないのよ。ここは本当に私たちにとっては正念場なんですからね」

「正念場……」

フロリーはつぶやいた。スーティにはむろん、このことばの意味も、おこっている事態についても皆目わからなかったが、しかし、なにか、自分が注意されたことはわかったらしく、リギアを指さして、しさいありげに、「ぶー！」と叫ぶだけで我慢した。

「それから、必ず、おじちゃまのことは、グイン、と呼ばないようにね。もしそう呼んだら、私たちはとらえられて、母様とも引き離されてしまうし、きっとおじちゃまとも二度と会えなくなってしまうかもしれないのよ。スー坊は賢い子だからわかるわね？いいわね。母様がしーっといったら必ず静かに静かにしているのよ。こわいオオカミに見つけられそうで隠れているしまりす《チュー》のように静かにしているのよ。いいわね」

「しまります……しまります。なに？」

スーティはけげんそうにしただけだった。

リギアはそれからしばらくすると、さりげなくまた出ていった。あまり綺麗でない古い、かつては納屋かなにかに使われていたのではないのか、という離れのなかには、グインと、フロリーと、そしてスーティだけが残された。

「なんだか……わたくしのために、皆様にほんとうに御迷惑をおかけしてしまって……」

フロリーは小さな声でいってさしうつむいた。

「わたくしが——パロに連れていっていただく、などという……ばかげたことを考えたばかりに、こんなことになったのでしょうか……だとしたら、わたくし、もう——この上、皆様に御迷惑をおかけするのはしのびませんし、それに……」

「パロに用があるのは俺で、そしてお前たちをパロの女王ならば身柄を預かってくれるのではないか、安全にスーティを成人させてくれるのではないかと言い出したのも俺たちだ」

グインは低く、だが強く云った。

「それにもうどちらにせよ、乗りかけた船とはこのことだ。もうわれわれには引き返す道はない。もうあまりそのことは云わぬし、考えぬことだ。マリウスはまだともかく、リギアは、そのようなことを繰り返して云われるのはことのほか苛立つたちのようだからな。——なんといってもリギアが一番今度の件については利害関係が薄い。もし本当にいやだと思ったら、いつなりとわれわれをおいておのれのしたいように、行きたい方向に立ち去ってしまう権利はつねにリギアにはあるのだ。だから、それがこうしてついてきてくれているというのは、それがリギアの意志だということだ。そのほうを信じてやって、もう、そうしておのれが悪い、おのれが悪いとばかり云わぬことだ」

「はい——はい、申し訳ございません……」

「俺はどちらにせよパロにゆかねばならぬのだし——それとても、パロにゆけばどうにかなるという見通しがあっての話でもないのだが、にもかかわらず、いったん目指したからには、俺はもう、パロにゆかずにはおかぬ、という気持になっている。——それにこのさきにはお前のそのミロク教徒としての知識がずいぶん役にたつだろう。そのことも考えて、おのれが足手まといになっている、という考えも捨てることだ。この先むしろ本当の意味で足手まといになるのはこの俺だろうからな」

「まあ、とんでもない。なんでグインさまが……」

言いかけた瞬間に、扉がほとほとと叩かれたので、フロリーは飛び上がって口をつぐみ、グインはさっとフードをひきおろして、ろうそくのあかりの届かぬ暗い奥のほうへ引っ込んだ。それを確かめて、フロリーはびくびくしながらドアをあけにいった。

「は、はい」

「アー・ロンじいの家内のペンペンばあさんですだよ」

かなりクムなまりの強い声がいった。そしてフロリーが扉をあけると、盆の上に、大きな鉢だの、皿だの、いろいろな食物をのせたのをもって、背中の曲がった、髪の毛をうしろにひとまとめにして紫色の布でしばったばあさんが立っていた。その年齢になるとさすがに腹を出すクムの女の衣類も、その上から厚地のつつそでの短い上着をかけている。だがふくらんだパンツは若い女と同じだった。ばあさんはずかずかと入ってきて、うしろ手に器用にドアをしめ、テーブルの上に盆をおいた。

「晩ご飯を持ってきてやったよ。話をきいたら御主人は御病人で、母屋の食堂へはよう食べにこないんだろ」

「あ、ああ、どうも、そのう、申し訳ありません」

「ミロクの巡礼なんだって？　あんたも、じゃあミロク教徒なのかい？」

ペンペンばあさんはどうも、かなりせんさく好きのようだった。しきりとのぞきこもうとする。それを見てとって、グインは面倒にならぬようにと、さらに暗がりになるべく小さく巨体を縮めた。

「あ、は、はい。わたくしもミロク教徒です。申し訳ありません」

「あとで、よかったらミロクさまについていろいろ話をきかせとくれよ。このごろ、このあたりにはなんだかだんだんミロク教徒が増えてきてねえ。うちのじじいもあたしも、なんだかぱっとしないことばかり続くもんだから、いっそのこと、ミロク教にでも入ってしまえばちっとはよいことがあるかと相談してたりしたとこなんだよ」

「そ、そうですか……ミロクのお導きがございますように」

フロリーはそっとちいさな手をあわせた。ばあさんはじろじろとフロリーと、そのうしろに身をかくすようにしているスーティを見つめた。

「まだずいぶんちっさなお子がおいでるんだねえ」

ばあさんは云った。

「それも、その御主人のお子なんだろ、もちろん？　ああ、変なことをいってたらごめんな。クムじゃあ、子供をつれてるからといって、たちまちその夫婦の子供だと思うと、失礼をしたことになるんだよ」

「あ、ああ、あの、もちろん、うちの――う、うちのひとの子です」

「失礼だがずいぶん大っきな御主人だねえ。あんたみたいなちっちゃい人じゃあ、御主人の相手が大変だろ？　失礼だけど」

「い、いえ、あの……」

フロリーはどう返事していいのかわからず、真っ赤になった。ばあさんは好奇心に燃える目でしげしげと見つめて、夕食を木のテーブルにおいたまま、いっこうに出てゆく気配もない。それどころか、ほんの少し誘いでもしたらただちにそこに座り込んで話し込んでしまいそうにみえる。フロリーは困りきって助けを求めるようにグインをふりむいたが、グインもこのさいはまったく助け船を出すこともできなかった。

「あのう、うちの人は……病気がすすんで、耳が聞こえないんです」

おずおずとフロリーは云った。それはミロクの虚言の禁にもふれていたので、こういうさいでなかったらフロリーとしては絶対に口にできないことばだっただろう。

「へえ。そうなの。耳がねえ。そりゃ気の毒だ」

「目も……不自由で、それに……その……手足もだんだん――不自由になってくる……病気なので……あまり、長いこと、そのう――御一緒に……いられないほうがよろしいのではないかと……」

「あたしの心配してくれてるのかい。親切だねえ、ミロク教徒は。だけどそんな心配はいらないよ。あたしの年になっちまったら、もうこわいものなんか何にもありゃしないんだからね」

ばあさんは元気よく云った。

「死ぬも病気になるも、なんだってまあ、お迎えとどっちが早いかの話じゃあないかね。だからねえ、いまさらミロク教徒になってもはじまらないかもしれないんだが、だけどこのところのクムときたら……」

いきなり、ばあさんははっとしたように黙った。

「誰だ」

けげんそうにばあさんがいった。フロリーは血の凍ったような顔になってスーティを抱きしめた。グインは思わず、そっと目立たぬように腰を浮かした。

荒々しく戸を叩く音が響き渡った。

「あけろ。ここをあけてもらおう」

「おやまあ」

驚いたようにばあさんは云った。

「こんな時間に珍しい。いったいどうしたっていうんだろう。踏み込みの臨検だろうか。こんなとこまで、衛兵がやってくるなんて、砦か港でなんかあったんだろうかねえ。めったには、おもての旅館まではくるけど、こんな奥まったとこまでは、見廻りなんかきやしないのに。はいはい、あけるよ。いまあけますよ。やれやれ、どっこいしょと」

フロリーとグインは凍り付いたように目を見交わした。どちらも、ひとことも発することが出来なかった。

あとがき

　ということで、お待たせいたしました。「グイン・サーガ」第百八巻、「パロへの長い道」をお届けいたします。

　毎回このところ、新しい巻が出るたびに思うのですが、「天狼パティオがあって、タイトルあてをしていたらどうだったかなあ」と――今回などはまた、けっこう異色タイトルですからねえ。いろいろと迷走する人なども出てきて、たいそうにぎわったのではないか、と思ったりします。うーん、天狼パティオがなくなってもう一年たってしまいましたが、そろそろまた、新しいコミュニティなどを考えてもいい時期になってきたのでしょうかねえ。

「パロへの長い道」というタイトルは一応、小松左京さんの「神への長い道」などという先達も意識しております、いわれないうちに言っておきますが（笑）。私あのへんの小松さんの短篇がとてもとても好きだったのですね。だからといって、内容はこれ以上ないくらい違ってはいると思いますが――そうでもないかな。ある意味では、多少、通じている部分がないわけでもないかなあ。といっても、両方を読んでいる人でないとあまり意味のない話ですが。

それと、今回は、ある一部の皆さんにはとても「懐かしい」ないし、もしかしたら「あっと驚く」かたもおありなのではないか、と思ったりします。それについては、あまりここでそのことをいうのは、「そうでないかたたち」のほうが多いと思うので、申し訳ない気もします。でもこれはちょっとした思いつきとかではなくて、一回ぜひともやっておきたかったことなのですねえ。私は以前「真夜中のレクイエム」という作品をこれはもう大学時代に書いたのですが、あれは「悪魔のようなあいつ」というテレビドラマへのオマージュでありました。そのドラマのプロデューサーであられた久世光彦さんも、今年突然に亡くなられてしまいましたが、私は写真だの、ビデオだので記憶をとどめておくことはそれほど熱心でないかわり、文章で、自分のなかにいろいろな思い出をとりこみ、それをとどめておく、ということにはけっこう思い入れがあります。

今回のグインは、いってみればそのなかに「枝サーガ」をすでに内包している格好となっております。そのなかみがどのようなものであるかは、読んでいただいてのお楽しみでもあり、でもまた、まったくその枝サーガのおおもとをご存じないかたでも、むろん何のさしつかえもなくお読みいただけるようにしてあります。この作品の、ことに二、三章は、これはある私自身の別のかたちの作品への、オマージュというよりもメモリアルです。そのためにちょっと寄り道をしてしまいましたが、どうかお許し下さればと思います。私にとっては、またとなく懐かしい作品でもあれば、また、いまだに、ひとつの原点でもある、と思われる作品でもありますので。

それはもう十年も昔のことになりました。十年前というと、グインでいうとまだ「異形の明日」とか「ガルムの報酬」とか、つまりは五十二、三巻が出されていたころ、ということになりますね。なんだか、それまでの十七、八年よりも、むしろ、五十巻の「とりあえずの折り返し点」を折り返してからの十年のほうがずっと長く、そしていろいろなことがあったような気がするのはどうしてなのでしょう。いつのまにか私はこんなところにきていたし、そしてものごとはどんどんうつろい、変わってゆき——その前の五十巻までの時間よりも、五十巻をすぎ、五十巻記念の「グイン・サーガ炎の群像」という舞台を上演してからの十年間のほうが、ずっと長く波瀾万丈であったように思われるのはほんとになぜなのでしょう。それはただ、たまたま、そのほうが近くにある思い出だからだ、というだけのことなのかもしれないのですが。

まあ、でも、ともあれこの話はどのように読んでいただくのもご自由です。このあたりのお話は前回「流れ行く雲」とともに、いってみれば、旦那さんのいうところの「峠の茶屋ストーリー」といったもので、このあと百九巻からまた、話はだんだん、思いもよらぬ展開をとげつつ、さらにダイナミックに動いてゆきます。それにしても、って私がここでこういうことをいうのも変ですけれど、百巻をすぎ、今年二〇〇六年の末には百十一巻をも過ぎようというところまできて、まだ全然勢いも衰えることなく爆走を続けるもんですねえ。もういい加減書くのに疲れたかと思いますけれど、こないだ実をいうと私は百十巻を書いていたんですけれども、いやあ、「書くのが、面白くて、面白くて」ってつくづくと思っておりました。次までのあいだいつも、しばしお休みするのがとても残念なような、そんなふしぎな気分です。その間に、ちょっとほかのものも書きすぎたりして、腱鞘炎ぎみになったり、ちょっと体調を崩したりしつつも、それでも「グイン・サーガ」はとどまることを知らないんだなあ、と思ってちょっと呆れたりします。世界がどんどん変わっていっても、この話はやっぱりこうやってどんどん先へ、先へととどまることなく進んでゆくのかなあ、とですねえ。——たまには足をとめて追憶にひたってもいいのに、と思いもするのですが、まあ、そういうときもあることはあるんでしょう。でも、やっぱりしばしの休息ののちには、またこの大河は流れ出すのだなあ、と思います。もうこうなれば、ゆけるところまでゆくしかありませんね。

ともあれ、今回はまたやや異色の巻となりました。次の巻からはまた、道中のもっと動きのあるパートがはじまります。これからは当分「水の都篇」になるわけで、いっちゃ何ですが「観光絵巻」もふんだんにお楽しみいただけるんじゃないかと思います。いながらにしての旅行気分、いいじゃありませんか。

せっかくですから百十一巻のキリ番を迎えるときには、「百の大典」とはゆかないまでも、何かちょっとした楽しい、ファン感謝デーみたいなイベントが出来たらいいなあと思ったりしています。いや、でも、いろいろたくらんではいるんですが、どのていどのスケールになるかは全然わからないですけど、ちょうど百十一巻はクリスマス前後になることだし、いろいろ考えてみたいなあと思っています。まだそれまでは、皆様にとっては、半年あるんですね。って、私にとっても半年はあるんだけど、書いてるほうとしてはもう百十巻が終わって、次にかかればそれが百十一巻だから（^^;）どうも調子狂いますね。だんだん、タイムラグが激しくなってきてしまって、頭をきちんと整頓しておかないと、どこまで何が世の中に出てるってのがだんだんわからなくなりそうで、いよいよ、ご協力で作っていただいてるもろもろの人名リストだの地図だの年表だのがかかせないものになりつつあります。

この連休は私はけっこう遊びづめで、友達の芝居にゆくやらレビューをみにゆくやら、浅草と上野へお泊まりで小旅行するやら、なんだかめいっぱい遊んでしまいました。連休あけの月曜日にこの原稿、書いているんですけれど、まだなんだか多少連休ボケしてるらしくって、さっきからもう、眠くて眠くて（爆）きのうはけっこう早く寝たはずなんだけれどもなあ。でも、世の中が緑ゆたかになってきて、なんとなく、一年で一番さわやかで美しい季節になってきて、心楽しいので、早く連休ボケの眠気から脱出してばりばりと仕事をしなくちゃな、と思ったりいたします。ともあれ、この当分はあーんなことやこーんなことで楽しんでしまいましたが、そろそろ本当の本篇へも戻らなくちゃいけないいしねえ。ある意味では私にとっても、百九の前までというのもひとつのブロックだったのかもしれません。まあ、ここをすぎると一気に見通しも開けるし、あらたな章に入るということになるのではないかと思います。

「百の大典」をしていただいたのも、もうちょうど一年と一ヶ月前のことになっちゃったのですね。このところ九段会館の周辺とか通るたびに「一年前には」とかって思っておりました。いろいろなことが、どんどんおきては流れすぎ、そしてまたおきては過ぎてゆきます。そうやって、いつしか、さしも終わりのないこの大河も時の海へとかえってゆくのでしょう。そのときまで、なおも時の河を流れ漂ってゆきつづけようと思います。

恒例の読者プレゼントは、鹿田英雄様、梅村まゆみ様、浅利悟司様の三名様に決定させていただきました。それでは、あっという間に新緑の季節がいってしまえば、またしても長い梅雨になります。次にお目にかかるのは炎暑のさかりってことになりますね。おからだにどうぞお気を付けて。

二〇〇六年五月八日（月）

コミック文庫

アズマニア〔全3巻〕
吾妻ひでお
エイリアン、不条理、女子高生。ナンセンスな吾妻ワールドが満喫できる強力作品集3冊

時間を我等に
坂田靖子
時間にまつわるエピソードを自在につづった表題作他、不思議なやさしさに満ちた作品集

星食い
坂田靖子
夢から覚めた夢のなかは、星だらけの世界だった！　心温まるファンタジイ・コミック集

闇夜の本〔全3巻〕
坂田靖子
夜の闇にまつわる、ファンタジイ、民話、ミステリなど、夢とフシギの豪華作品集全3巻

マイルズ卿ものがたり
坂田靖子
英国貴族のマイルズ卿は世間知らずでお人好し。18世紀の英国を舞台にした連作コメディ

コミック文庫

花模様の迷路
坂田靖子

美術商マクグランが扱ういわくつきの美術品をめぐる人間ドラマ。心に残る感動の作品集

パエトーン
坂田靖子

孤独な画家と無垢な少年の交流をリリカルに描いた表題作他、禁断の愛に彩られた作品集

叔父様は死の迷惑
坂田靖子

作家志望の女の子メリィアンとデビッドおじさんのコンビが活躍するドタバタミステリ集

マーガレットとご主人の底抜け珍道中〔旅情篇〕〔望郷篇〕
坂田靖子

旅行好きのマーガレット奥さんと、あわてんぼうのご主人。しみじみと心ときめく旅日記

イティハーサ〔全7巻〕
水樹和佳子

超古代の日本を舞台に数奇な運命に導かれる少年と少女。ファンタジイコミックの最高峰

コミック文庫

樹魔・伝説
水樹和佳子

南極で発見された巨大な植物反応の正体は？人間の絶望と希望を描いたSFコミック5篇

月虹―セレス還元―
水樹和佳子

青年が盲目の少女に囁いた言葉の意味は？変革と滅亡の予兆に満ちた、死と再生の物語

エリオットひとりあそび
水樹和佳子

戦争で父を失った少年エリオットの成長を、みずみずしいタッチで描く、名作コミック。

天界の城
佐藤史生

幻の傑作「阿呆船」をはじめとする異世界SF集大成。異形の幻想に彩られた5篇を収録

マンスリー・プラネット
横山えいじ

マンスリー・プラネット社の美人OLマリ子さんの正体は？　話題の空想科学マンガ登場

コミック文庫

千の王国百の城
清原なつの

「真珠とり」や、短篇集初収録作品「お買い物」など、哲学的ファンタジー全9篇を収録

アレックス・タイムトラベル
清原なつの

青年アレックスの時間旅行「未来より愛をこめて」など、SFファンタジー9篇を収録。

春の微熱
清原なつの

少女の、性への憧れや不安を、ロマンチックかつ残酷に描いた表題作を含む10篇を収録。

私の保健室へおいで…
清原なつの

学園の保健室には、今日も悩める青少年が訪れるのですが……表題作を含む8篇を収録。

ワンダフルライフ
清原なつの

旦那さまは宇宙超人だったのです！　ある意味、理想の家庭を描いたSFホームコメディ

コミック文庫

アンダー
森脇真末味
ある事件をきっかけに少女は世界の奇妙さに気づく。ハイスピードで展開される未来SF

天使の顔写真
森脇真末味
作品集初収録の表題作を始め、新井素子原作の「週に一度のお食事を」等、SF短篇9篇

グリフィン
森脇真末味
血と狂気と愛に、ちょっぴりユーモアをブレンドした、極上のミステリ・サスペンス6篇

SF大将
とり・みき
古今の名作SFを解体し脱構築したコミック39連発。単行本版に徹底修整加筆した決定版

キネコミカ
とり・みき
古今の名作映画のパロディコミック34本を、全2色刷りでおくるペーパーシアター開幕！

コミック文庫

夢の果て〔全3巻〕
北原文野

遠未来の地球を舞台に、迫害される超能力者たちの悲劇を描いたSFコミックの傑作長篇

花図鑑〔全2巻〕
清原なつの

性にまつわる抑圧や禁忌に悩む女性の心をさまざまな角度から描いたオムニバス作品集。

東京物語〔全3巻〕
ふくやまけいこ

出版社新入社員・平介と、謎の青年・草二郎がくりひろげる、ハラハラほのぼの探偵物語

サイゴーさんの幸せ
ふくやまけいこ

上野の山の銅像サイゴーさんが、ある日突然人間になって巻き起こすハートフルコメディ

オリンポスのポロン〔全2巻〕
吾妻ひでお

一人前の女神めざして一所懸命修行中の少女女神ポロンだが。ドタバタ神話ファンタジー

コミック文庫

星の島のるるちゃん〔全2巻〕
ふくやまけいこ

二〇一〇年、星の島にやってきた、江の島るるちゃんの夢と冒険を描く近未来ファンタジー

まぼろし谷のねんねこ姫〔全3巻〕
ふくやまけいこ

ネコのお姫様が巻き起こす、ほのぼの騒動！ノスタルジックでキュートなファンタジー。

ななこＳＯＳ〔全3巻〕
吾妻ひでお

驚異の超能力を操るすーぱーがーる、ななこのドジで健気な日常を描く美少女ＳＦギャグ

クルクルくりん〔全3巻〕
とり・みき

かわいい女子中学生、東森くりんには驚くべきヒミツがあった!?　傑作ＳＦラブコメディ

るんるんカンパニー〔全4巻〕
とり・みき

女の子ばかりの生徒会執行部が発足！　しかしてその実態は？　伝説のギャグマンガ登場

ダーティペア・シリーズ／高千穂遙

ダーティペアの大冒険

銀河系最強の美少女二人が巻き起こす大活躍
大騒動を描いたビジュアル系スペースオペラ

ダーティペアの大逆転

鉱業惑星での事件調査のために派遣されたダーティペアがたどりついた意外な真相とは？

ダーティペアの大乱戦

惑星ドルロイで起こった高級セクソロイド殺しの犯人に迫るダーティペアが見たものは？

ダーティペアの大脱走

銀河随一のお嬢様学校で奇病発生！　ユリとケイは原因究明のために学園に潜入する。

ダーティペア　独裁者の遺産

あの、ユリとケイが帰ってきた！　ムギ誕生の秘密にせまる、ルーキー時代のエピソード

珠玉の短篇集

北野勇作どうぶつ図鑑（全6巻）
北野勇作

短篇20本・掌篇12本をテーマ別に編集、動物折紙付きコンパクト文庫全6巻にてご提供。

五人姉妹
菅 浩江

クローン姉妹の複雑な心模様を描いた表題作ほか〝やさしさ〟と〝せつなさ〟の9篇収録

象《かたど》られた力
飛 浩隆

T・チャンの論理とG・イーガンの衝撃――表題作ほか完全改稿の初期作を収めた傑作集

西城秀樹のおかげです
森奈津子

人類に福音を授ける愛と笑いとエロスの8篇日本SF大賞候補の代表作、待望の文庫化！

夢の樹が接げたなら
森岡浩之

《星界》シリーズで、SF新時代を切り拓く森岡浩之のエッセンスが凝集した8篇を収録

日本ＳＦ大賞受賞作

上弦の月を喰べる獅子上下　夢枕　獏
ベストセラー作家が仏教の宇宙観をもとに進化と宇宙の謎を解き明かした空前絶後の物語。

ヴィーナス・シティ　柾　悟郎
ネット上の仮想都市で多発する暴力事件の真相とは？　衝撃の近未来を予見した問題作。

戦争を演じた神々たち［全］　大原まりこ
日本ＳＦ大賞受賞作とその続篇を再編成して贈る、今世紀、最も美しい創造と破壊の神話

傀《く》儡《ぐつ》后《こう》　牧野　修
ドラッグや奇病がもたらす意識と世界の変容を醜悪かつ美麗に描いたゴシックＳＦ大作。

マルドゥック・スクランブル（全３巻）　冲方　丁
自らの存在証明を賭けて、少女バロットとネズミ型万能兵器ウフコックの闘いが始まる！

著者略歴　早稲田大学文学部卒
作家　著書『さらしなにっき』
『あなたとワルツを踊りたい』
『ボルボロスの追跡』『流れゆく
雲』（以上早川書房刊）他多数

HM = Hayakawa Mystery
SF = Science Fiction
JA = Japanese Author
NV = Novel
NF = Nonfiction
FT = Fantasy

グイン・サーガ⑩⑧

パロへの長《なが》い道《みち》

〈JA851〉

二〇〇六年六月十日　印刷
二〇〇六年六月十五日　発行

（定価はカバーに表示してあります）

著者　栗《くり》本《もと》　薫《かおる》
発行者　早川　浩
印刷者　大柴正明
発行所　株式会社　早川書房
郵便番号　一〇一 - 〇〇四六
東京都千代田区神田多町二ノ二
電話　〇三-三二五二-三一一一（大代表）
振替　〇〇一六〇-三-四七七九九
http://www.hayakawa-online.co.jp

乱丁・落丁本は小社制作部宛お送り下さい。
送料小社負担にてお取りかえいたします。

印刷・株式会社亨有堂印刷所　製本・大口製本印刷株式会社

ISBN4-15-030851-9 C0193